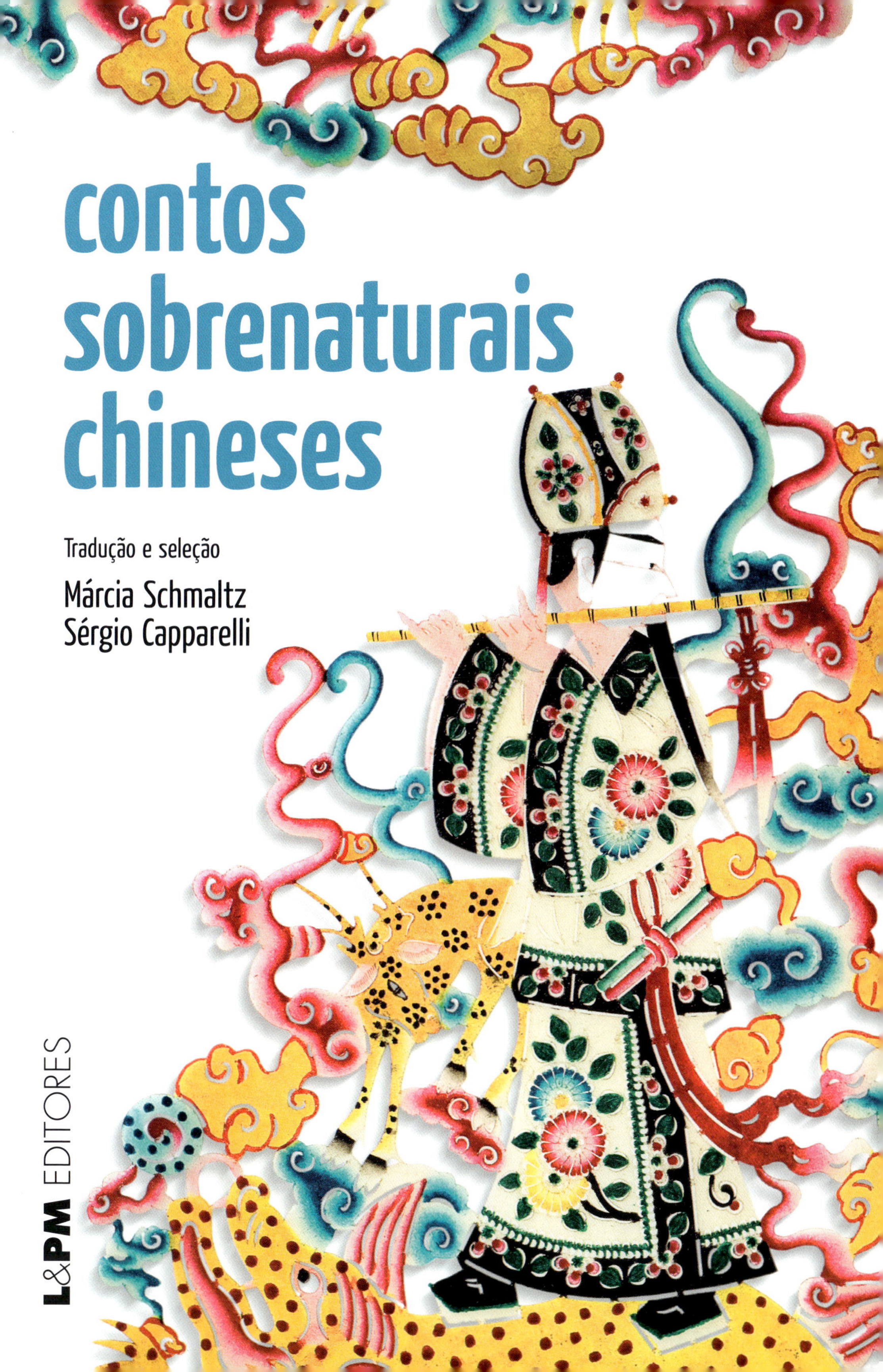

contos sobrenaturais chineses

Tradução e seleção

Márcia Schmaltz
Sérgio Capparelli

L&PM EDITORES

Preparação: Bianca Pasqualini e Patrícia Rocha
Revisão: Elisângela Rosa dos Santos
Texto de acordo com a nova ortografia.
Capa e projeto gráfico: Ana Gruszynski

CIP-BRASIL. CATALOGAÇÃO-NA-FONTE
SINDICATO NACIONAL DOS EDITORES DE LIVROS, RJ

C781

Contos sobrenaturais chineses / tradução e seleção Márcia Schmaltz, Sérgio Capparelli. - Porto Alegre, RS : L&PM, 2010.
128p. : il. color.

Inclui bibliografia
ISBN 978-85-254-2056-5

1. Sobrenatural - Ficção. 2. Conto chinês. I. Schmaltz, Márcia. II. Capparelli, Sérgio.

10-3370.
CDD: 895.13
CDU: 821.581-3

Rua Comendador Coruja, 314, loja 9 – Floresta
90.220-180 – Porto Alegre – RS – Brasil
Fone: 51.3225.5777 – Fax: 51.3221-5380
Pedidos & Depto. Comercial: vendas@lpm.com.br
Fale conosco: info@lpm.com.br
www.lpm.com.br

Impresso no Brasil
Inverno de 2010

Sumário

Introdução

A China, por ser uma nação milenar, tem uma enormidade de histórias e lendas maravilhosas que encantam a todos que as leem. Neste livro, trazemos ao leitor uma seleção de contos difíceis de classificar, mas que têm em comum a característica de narrarem acontecimentos ora maravilhosos, ora sobrenaturais, que sugerem a irrefutabilidade da vida: o bem tende a seguir o bem, e o mal tende a seguir o mal.

Esses contos cobrem um longo período da história chinesa, levando ao leitor o que há de mais significativo no gênero maravilhoso. Assim, fomos buscar três mitos em *Shan'haijing* (O livro da natureza), cuja autoria é desconhecida e que reúne registros de geografia, hábitos, costumes, lendas e mitos datados antes do período dos Reinos Combatentes (475-221 a.C.). Esse livro fascinou gerações de crianças desde então, por relatar viagens a lugares longínquos em relação à planície do rio Amarelo. Suas páginas estão repletas de seres extraordinários, com ilustrações esmeradas de criaturas mitológicas e mapas que davam asas à imaginação infantil. Autores modernos contam detalhadamente em suas memórias o fascínio que esse livro exerceu sobre a sua infância e o modo como influenciou muitos escritores da Antiguidade, como os das dinastias Tang (618-907), Song (960-1279) e Qing (1644-1911).

Por outro lado, muitos contos integram um subgênero do maravilhoso, ou seja, o sobrenatural. Recorremos a quatro grandes obras para mostrar essa tendência da literatura chinesa antiga.

A primeira, *Soushenji* (À procura dos deuses), escrita por Gan Bao (?-336) na dinastia Jin (265-420), é um livro fantástico, permeado de registros de acontecimentos estranhos e de assombrações. Muitos o consideram um dos primeiros livros de cunho jornalístico escritos.

A segunda, *Taiping guangji* (Registros des de Taiping [978]), reúne todas as narrativas de cunho sobrenatural e maravilhoso da Antiguidade até a data de sua publicação. A compilação contém quinhentos volumes e sete mil histórias, organizadas em 92 temas, como deuses, assombrações, acontecimentos sobrenaturais (como metamorfoses), contos budistas e taoístas, biografias, entre outros. Vários contos foram transformados em dramas, como "A mulher repetida" e "Um sonho em Handan", do qual se originou o dito popular "enquanto o caldo cozinha, você sonha".

A terceira obra, *Liaozhai zhiyi* (Contos extraordinários de Liaozhai), de Pu Songling (1640-1715), da dinastia Qing (1644-1911), é composta originalmente por 491 contos de cunho fantástico e sobrenatural, inspirados em narrativas populares, nos quais seres humanos, espíritos de raposas, assombrações e demônios se encontram e se envolvem numa fronteira difusa entre a realidade e o além, segundo a antiga concepção chinesa de que os semelhantes se atraem. Percebe-se um cunho velado e intencional do autor em satirizar e criticar uma sociedade moralista na superfície e degradada no seu interior. Muitas vezes, o autor expõe uma conclusão no fim do conto.

E, finalmente, buscamos em *Yuewei caotang biji* (Anotações no estúdio Yuewei) de Ji Yun (1724-1805), da dinastia Qing (1644-1911), histórias sobrenaturais, mas em estilo jornalístico, com forte inspiração em Gan Bao. Ji Yun era um intelectual confuciano dedicado à pesquisa na Academia Hanlin. O registro dessas histórias ocorreu posteriormente para lhe servir de distração, mas obteve tamanha receptividade que foi publicado entre 1789 e 1798.

Todas essas obras foram escritas em um período de conhecimento científico incipiente, em que o homem procurava respostas aos acontecimentos naturais que o cercavam e que ele não conseguia explicar.

Na nossa opinião, um livro que conta histórias maravilhosas e sobrenaturais merece ilustrações... maravilhosas. Por isso, procuramos marionetes do teatro de sombras chinês para ilustrar as histórias. Aliás, essas mesmas marionetes têm uma lenda que tenta explicá-las: o imperador Wu, da dinastia Han, desesperado com a morte de sua bailarina favorita, ordenou ao mago da corte que a trouxesse de volta do "Reino das Sombras"; caso contrário, o mago seria decapitado. O mago então usou de imaginação e criatividade: utilizou o couro macio do carneiro para confeccionar uma silhueta multicolorida e articulada de bailarina. Depois de tudo pronto, ordenou que, no jardim do palácio, fosse armada contra a luz do sol uma cortina branca, que deixasse transparecer a luz. A apresentação para o imperador e sua corte foi acompanhada ao som de uma flauta que "fez surgir a sombra de uma bailarina movimentando-se com leveza e graciosidade". E foi assim, diz a lenda, que surgiu o teatro de sombras.

M.S. e S.C.
Agosto de 2010

Confúcio e o menino sem nome

Dong Sizhang

Confúcio estava muito cansado de ler e decidiu descansar um pouco. Mas o que fazer? Mesmo quando descansava, ele queria fazer alguma coisa. Resolveu então sair num carro de búfalo para ir até o monte Jing.

Enquanto os búfalos negros avançavam pela estrada, ele admirava a primavera que havia chegado. E, pouco depois, avistou a montanha, enfeitada com um colar de neblina. Confúcio ficou muito contente. Ele tinha certeza de que do alto poderia avistar toda a planície, a se perder de vista, com a crista das colinas perfiladas mais adiante, uma depois da outra, até o horizonte.

Estava tão distraído que não percebeu um menino fazendo barro com um balde d'água para erguer uma muralha de brinquedo no meio da estrada. Confúcio achou muito estranho, pois não tinha passado perto de nenhuma casa. Não se importou, porém. A casa onde o menino morava decerto ficava entre as árvores. Ele ergueu o braço e aboiou para que os búfalos avançassem, achando que o som de sua voz serviria também para alertar o menino, pois, afinal de contas, o meio da estrada não é o melhor lugar para se brincar.

O menino que construía a miniatura da muralha virou a cabeça, avistou os búfalos puxando a carroça e depois o condutor. Em seguida, pegou mais um pouco de barro e completou a obra, sentando-se atrás dela, como se assim estivesse protegido. Confúcio ficou bravo:

– Ei, não vê que estou passando? Saia do caminho, quero chegar logo ao monte Jing.

O menino caiu na risada:

– É o carro de búfalo que tem de contornar a muralha. Onde já se viu uma muralha sair do lugar para dar passagem a um carro!

Ouvindo isso, Confúcio teve duas reações. A primeira, de raiva. Que falta de respeito com os mais velhos! E também de admiração: o menino tinha dado uma boa resposta. Então contornou a muralha – para isso teve de entrar no mato – e parou ao lado do menino. Perguntou quantos anos ele tinha:

– Sete – foi a resposta.

– Só sete? Apesar de ter só sete anos, você me deu há pouco uma boa resposta. Qual é o seu nome?

– Não tenho nome algum.

Confúcio olhou bem para o menino e pensou: “Ele é inteligente, mas agora vai se ver comigo”. Pensou isso porque Confúcio também gostava de brincar, só que com palavras e ideias. E queria saber até onde uma criança de sete anos conseguiria acompanhá-lo naquele jogo.

– Sem nome, me diga uma coisa: você conhece montanha sem pedra? Pé sem dedo? Céu sem passarinho? Água sem peixe? Porta que não fecha? Égua sem potrinho? E fogo sem fumaça, conhece? Conhece homem sem mulher? Mulher sem marido? Macho sem fêmea? Árvore sem galho? Cidade sem governo? Gente sem nome?

Ele falou, bem devagar, como se mastigasse as palavras. O menino ergueu a cabeça e respondeu bem devagar, como se cuspisse a resposta:

– Uma montanha de terra não tem pedras. Pé de mesa não tem dedo nem unha para cortar. No céu da boca, pássaro não voa. A água do poço é sem peixe. Porta sem batente não fecha, e um cavalo de madeira não dá cria. Além disso, fogo-fátuo não solta fumaça. Imortal não tem mulher. Fada não tem marido. Solteiro vive sem mulher. Árvore seca não dá galho. Uma cidade abandonada não tem prefeito. E um menino, como eu, não tem nome.

Confúcio engoliu em seco. O menino tinha resposta para tudo:

– Você tem resposta para tudo. Vamos sair juntos pelo mundo para ver se todas as coisas são iguais?

– O mundo não pode ser igualado. No alto, erguem-se as montanhas, embaixo, correm os rios e estende-se o mar. De um lado, uns governam, mas, do outro, estão os governados. Por isso, o mundo não pode ser igualado. Poderia ser mais igual, isso sim!

– Se nós dois aplainássemos as montanhas, teríamos terra e rocha para encher o mar e os rios. Nós poderíamos também expulsar os que têm tudo e libertar os escravos. Nesse caso, o mundo seria igualado.

– Se aplainássemos as montanhas, onde os animais se refugiariam? Se enchêssemos o mar e os rios, onde nadariam os peixes? Se expulsássemos os que têm tudo, quem lhes daria emprego? E, se todos os escravos fossem libertados, por que continuariam a lhe pedir conselhos?

– Certo, certo – exclamou Confúcio –, você consegue responder às questões mais complicadas, mas duvido que seja capaz de responder às mais simples. O que é esquerda e direita?

– O Leste e o Oeste – respondeu o menino.

– O que é interior e o que é exterior?

– O Sul e o Norte – respondeu ele.

– Quem é o pai, a mãe, o marido e a esposa?

– O céu é o pai; a terra, a mãe; o sol é o marido; a lua, a esposa – disse o menino.

– De onde vêm as nuvens e a neblina?

Ele tinha a resposta na ponta da língua:

– As nuvens são vapores de água que sobem da terra e que voltam para a terra nas gotas da chuva, e a neblina sobe da terra, mas tem preguiça de chover.

– Quando o galo vira faisão? – perguntou Confúcio.

– Quando ele chega perto do brejo e da montanha.

– E quando o cão vira raposa?

– Quando ele chega perto das colinas e dos montes.

– Bom! – disse Confúcio. – Você não perde uma! Mas será que um menino de sete anos pode adivinhar isto aqui: a mulher está mais perto de seu marido do que uma mãe de seu filho?

O menino riu novamente, como se achasse a pergunta muito fácil:

– A mãe está mais perto de seu filho do que uma mulher de seu marido.

– Ah, essa não! – disse Confúcio. – É o contrário. A mulher está mais perto do marido do que uma mãe do filho. E quer saber por quê? Porque durante sua vida a mulher e o marido dormem juntos, na mesma cama, e cada um tem um travesseiro ao lado do outro. E, quando morrem, estão lado a lado nos seus túmulos.

– Quem perdeu foi o senhor – disse o menino – porque o que eu disse é certo, pois é o contrário do reverso: a mãe está mais perto do filho do que uma mulher de seu marido. E provo o que estou dizendo: a mãe é para o filho o que as raízes são para as árvores. Uma mulher é para o marido o que as rodas são para o carro. Quando a mãe morre, o filho fica órfão para sempre como a árvore ao morrer: secam seus galhos e suas folhas. Mas, se uma mulher morre, o marido pode se casar com outra e recuperar a alegria. Do mesmo jeito, um carro, quando perde as rodas, pode conseguir outras novas. Ou até todo o carro pode ser novo. O senhor me desculpe, mas só um louco diria que uma mulher está mais perto do marido do que do filho.

Dessa vez, Confúcio pareceu atordoado. O menino aproveitou a oportunidade e interrogou o mestre:

– Respondi a todas as suas perguntas. Agora, peço que responda às minhas. Como os marrecos e os patos conseguem nadar? Como os grous e os gansos selvagens conseguem gritar? Como os pinheiros e os ciprestes conseguem ficar sempre verdes, tanto no verão quanto no inverno?

Confúcio respirou fundo. As perguntas eram fáceis. Muito fáceis.

– Porque eles têm as patas espalmadas.

O menino balançou a cabeça:

– Não é uma boa razão. Primeiro, pata não pode ser espalmada, porque palma existe é na mão. E as tartarugas também nadam, mas não têm as patas "espalmadas".

Pego de surpresa, Confúcio disse:

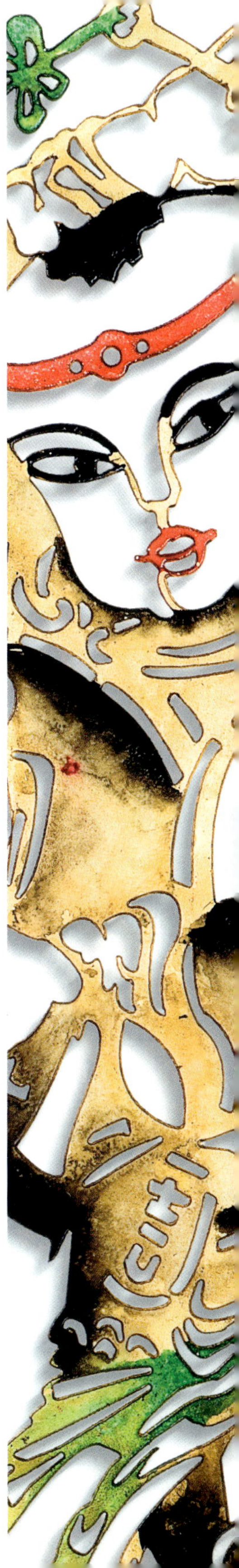

– Pois é… – mas se recuperou logo, passando para a pergunta seguinte: – Como têm um pescoço comprido, os grous e os gansos selvagens podem gritar.

O menino sacudiu a cabeça:

– Também não é uma boa resposta. As rãs também gritam e elas não têm pescoço comprido.

De novo Confúcio ficou mudo. E depois conseguiu dizer:

– Pois é... – e fez uma observação –, como têm um cerne duro, os pinheiros e os ciprestes ficam sempre verdes, tanto no verão quanto no inverno.

Mais uma vez o menino sacudiu a cabeça:

– O senhor nunca dá a razão nem a resposta certa: o bambu também fica sempre verde, no inverno e no verão, e ele nem cerne tem, pois é oco por dentro.

Confúcio, cada vez mais desorientado, calou-se, enquanto o menino fazia as últimas perguntas:

– Quantas estrelas existem no céu?

Confúcio pareceu fugir da pergunta:

– Estamos falando da terra, e não do céu.

– Certo, não vamos falar do céu. Quantas casas existem sobre a terra?

Confúcio ficou nervoso:

– Melhor não falar nem do céu, nem da terra. Vamos falar das coisas que estão diante dos nossos olhos.

O menino riu novamente:

– Ah, certo – disse –, vamos falar das coisas que estão diante de nossos olhos: quantos cílios o senhor têm nas pálpebras?

Confúcio pareceu cansado e suspirou:

– Desisto, não consigo ganhar, nem fazendo perguntas, nem respondendo àquelas que você me faz. Acho agora que temos de temer uma criança. Você quer ser meu mestre?

O menino continuou a brincar em silêncio na estrada e não respondeu.

Tang, o caçador

Ji Yun

Meu primo Ji Zhonghan era o magistrado de Jin. Nessa época, um tigre tinha matado vários caçadores na região, e ninguém conseguia pegá-lo. Os moradores foram, então, procurar meu primo para que ele contratasse Tang, o caçador, a fim de prender o tigre. Eles achavam que ninguém mais seria capaz de fazer esse serviço.

Mas como surgiu a fama de caçadores de tigres dos Tang? De acordo com Dai Dongyuan, de Xiuning, a lenda surgiu na dinastia Ming, quando um caçador chamado Tang foi morto por um tigre logo depois de se casar. Sua mulher, grávida, deu à luz um menino e fez uma promessa:

– Se quando crescer não matar tigre, não será mais meu filho, e todos os seus filhos e filhos de seus filhos que não o fizerem também não serão meus descendentes.

Devido a isso, todos os Tang do sexo masculino são especialistas em matar tigres.

Ao saber disso, Ji Zhonghan enviou, então, um ajudante para chamar um Tang e separou uma boa quantia de dinheiro para recompensar o caçador depois do serviço feito.

Na volta, o ajudante disse que a família Tang destacou dois de seus melhores caçadores de tigre e que eles chegariam a qualquer momento. Chegaram, mas um era um velho com a barba e os cabelos brancos, que tossia e fungava a cada instante, acompanhado de um ajudante de dezesseis anos.

O magistrado ficou muito desapontado com o que viu, mas ordenou que fosse servida uma boa refeição aos homens. Percebendo que o juiz parecia preocupado, o velho se inclinou, colocando um joelho no chão, e disse:

– Pressinto a presença do tigre, no máximo a cinco *lis** daqui do povoado. Melhor a gente pegar logo esse tigre para depois comer alguma coisa.

*Antiga medida chinesa, um *li* equivale a meio quilômetro. (N.T.)

O magistrado mandou, então, que um de seus homens servisse de guia, e eles partiram.

Chegando à boca de uma ravina, os homens pararam, receosos de seguir adiante. Mas o velho sorriu:

– Comigo aqui não precisam ficar com medo!

Quando eles já tinham quase descido o barranco, o velho olhou para o rapaz e disse:

– Parece que o tigre está dormindo. Vá até lá e dê um jeito de acordá-lo.

O rapaz então urrou como um tigre, e num instante o tigre veio por entre as árvores na direção deles e pulou sobre o velho. O velho permaneceu firme, levantando um pequeno machado, de oito *cuns*[**] de comprimento e quatro de largura. Quando o tigre estava para esmagá-lo, ele se afastou para o lado, e o tigre pulou, caindo no chão todo ensanguentado. As pessoas reuniram-se em volta e descobriram que o tigre havia sido cortado do queixo até a ponta do rabo, rasgado pela lâmina.

O magistrado recompensou com generosidade os caçadores Tang em agradecimento pela ajuda.

O velho contou, então, que tinha treinado seus braços e seus olhos por mais de dez anos. Ele conseguia encarar um tigre sem piscar, mesmo que seus olhos estivessem com um cisco. E os seus braços eram tão fortes que mesmo o homem mais robusto não conseguia movê-los um centímetro.

Zhuangzi, o antigo filósofo taoísta chinês, disse uma vez:

"O que é feito com prática é sempre convincente. Uma pessoa que nasce hábil nunca pode ultrapassar quem pratica sem parar."

Isso deve ser verdade. Soube que um homem chamado Shi Sibiao podia escrever no escuro de uma forma tão perfeita como se estivesse sob a luz de uma

[**]Antiga medida chinesa, um *cun* equivale a 3,3 centímetros. (N.T.)

vela. Ouvi falar também que em Jinghai, Li Wenke, o artesão, recortava cem vezes o mesmo caractere numa folha de papel do tamanho da palma da mão. Colocava todos em pilha contra a luz, e os cem caracteres ficavam exatamente um em cima do outro, formando um único caractere. Habilidade não é mágica: é adquirida através de muita prática.

A rã no poço

Zhuangzi

Uma rã morava dentro de um poço abandonado. Um dia, apareceu perto de sua casa uma grande tartaruga marinha.

A rã começou então a contar vantagens para a tartaruga, dizendo que era muito bom morar dentro do poço:

– Ah, como me sinto bem! É o melhor lugar do mundo. Quando tenho vontade, saio para caminhar um pouco. Se estou cansada, descanso apoiada nos tijolos fresquinhos que revestem as paredes do meu poço. Ah, no meu poço há também muitas moscas. Nem preciso sair, cansando-me, para pegá-las. Estendo a língua e, *schupt*, apanho uma em pleno voo.

"Às vezes, boio na água. Delicioso! Fico muito tempo boiando, pensando na vida, de papo para o ar. Outras vezes, nado de um lado para o outro, espirro água, faço uma confusão. Ou de noite, no meu canto, contemplo a nesga do céu estrelado, que ora se reflete nas águas, ora parece estar ao meu alcance. Ou brinco no barro. Já brincou no barro? É maravilhoso!

"Veja só esses caranguejos e esses girinos passeando em volta. Eles têm inveja de mim. Porque eu não posso me comparar com eles. Eu sou a dona do meu poço e do meu nariz. Tenho uma liberdade imensa. Se você quiser, pode me visitar de vez em quando."

Tanto falou a rã, que a tartaruga marinha ficou curiosa e quis entrar no poço. Mas não conseguiu passar pela entrada, muito estreita para ela. Penou para livrar o casco do limo e das ervas. E disse:

– Você, rã, conhece o oceano? Ele ocupa boa parte do mundo, criando imensidões e mais imensidões de água. Dentro dele existem poços de muitos quilômetros de profundidade, montanhas, florestas e milhões de animais marinhos.

"Quando na terra chove sem parar, enchendo rios, transbordando lagos, provocando enchentes, toda essa água vai para o oceano e ninguém percebe a elevação do nível das águas. E, se há seca, os rios secam, os lagos desaparecem, os lençóis d'água dentro da terra diminuem e ninguém percebe se o nível das águas baixou alguns centímetros.

"E, quando estou em casa, nadando no meio das ondas, algumas de muitos metros de altura, ou passeando nas profundezas onde ninguém jamais chegou, percebo o quanto sou feliz de viver nesse imenso oceano."

Nesse momento, a rã, um pouco confusa, despediu-se, porque não tinha nada para replicar.

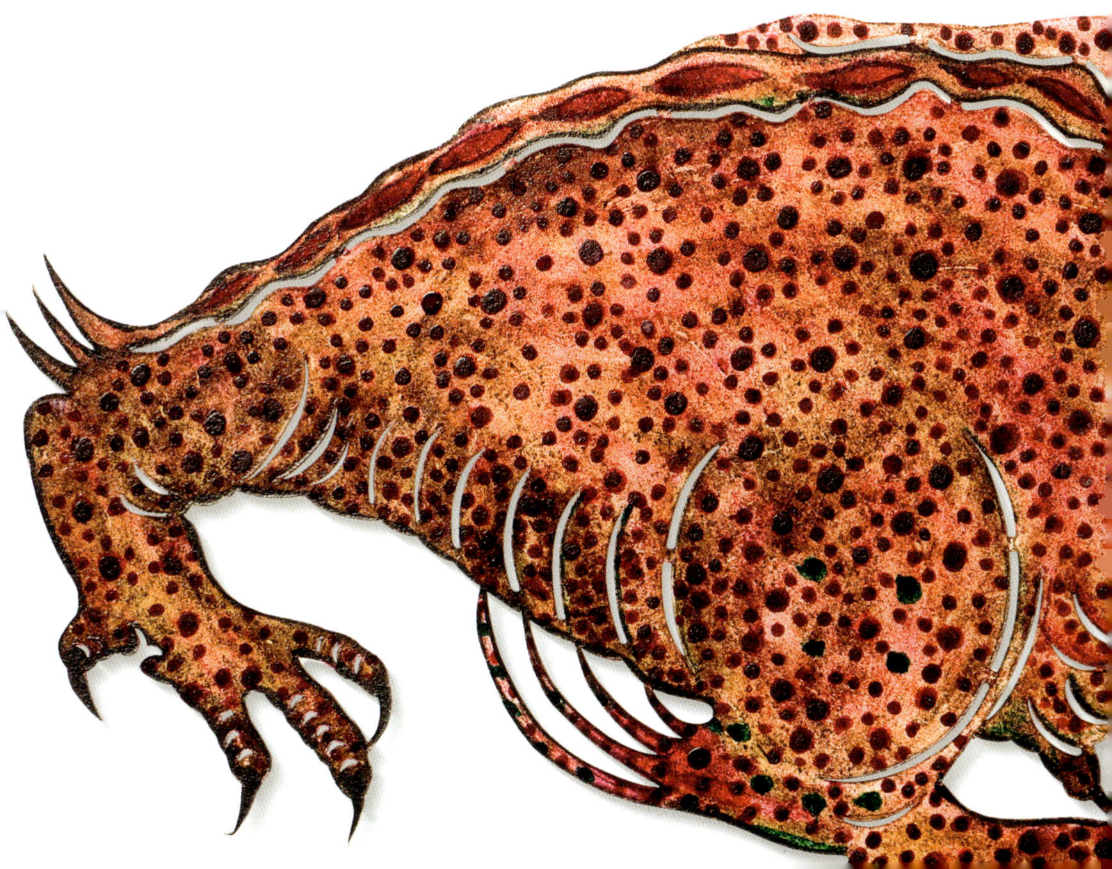

Até a metade do céu

Liu Xiang

Quando decidiu construir uma torre que chegaria até a metade do céu, o rei de Wei deu uma ordem:

– Quem tentar me dissuadir será condenado à morte.

Xu Wan, ministro de Wei, procurou-o com um cesto nas costas e uma lança na mão.

– Senhor, ouvi que está querendo construir uma torre que vai chegar até a metade do céu – disse Xu –, e seu humilde servo veio lhe oferecer ajuda.

– O que de forte tem para me oferecer? – quis saber o rei.

– Eu não sou forte – respondeu Xu –, mas posso trabalhar no projeto da construção.

– Sim – disse o rei.

– Senhor, ouvi dizer que a distância entre o céu e a terra é de quinze mil *lis*. Como quer construir uma torre que chegue até a metade da distância entre a terra e o céu, a torre deve ter 7,5 mil *lis* de altura. Para aguentar essa estrutura, os alicerces devem ter a circunferência de oito mil *lis*. Todas as suas terras juntas, senhor, não são suficientes para os alicerces. Muito tempo atrás, os reis Yao e Shun estabeleceram ducados com a circunferência de cinco mil *lis*. Se estiver determinado a construir essa torre, o senhor deve primeiro atacar os duques e pegar todas as terras deles. Mas ainda não vai ser o bastante. Deve também expulsar várias tribos que vivem em longínquas regiões ao norte, ao sul, a leste e a oeste. Quando conseguir uma área com limites de oito mil *lis*, aí sim será o suficiente para os alicerces. Quanto à questão do material de construção, trabalhadores e depósitos de comida, tudo isso deve ser calculado em algumas centenas de milhões. Uma grande extensão de campo deve ser escolhida para produzir comida para os trabalhadores se alimentarem enquanto estiverem construindo a torre. Quando todas essas condições para a construção das torres forem preenchidas, o trabalho poderá começar.

O rei ficou calado, sem encontrar uma resposta. Em seguida, abandonou a ideia da construção da torre.

A pereira mágica

Pu Songling

Um camponês vendia no mercado peras doces e perfumadas, mas muito caras. Diante da carroça de peras, um monge taoísta pedia esmolas. Ele tinha a túnica esfarrapada e o capuz rasgado.

– Quer fazer a gentileza de dar o fora daqui! – gritou o camponês.

O monge recusou-se a ir embora. Com muita raiva, o camponês começou a insultá-lo. Depois de um tempo, o monge disse:

– Você tem uma quantidade enorme de peras, e eu, um velho monge maltrapilho, quero uma só. Por que ficar com tanta raiva? Você vai perder muito pouco se me der o que estou pedindo.

As pessoas em volta sugeriram que o vendedor de peras se livrasse do monge dando-lhe uma fruta – não das mais bonitas, é claro – para que ele deixasse o lugar, mas o camponês se recusou a aceitar essa ideia.

No fim, um rapazinho de uma birosca ali perto, atordoado com a gritaria, tirou do bolso uns tostões e comprou uma pera, oferecendo-a ao monge, que prontamente agradeceu o gesto tão caridoso. Em seguida, o monge virou-se para a multidão e disse:

– Nós, religiosos, que deixamos nossas famílias, não conseguimos compreender por que existe tanta avareza. Eu, por exemplo, tenho peras excelentes e gostaria muito de reparti-las com vocês.

– Mas, se tem peras excelentes, por que não come uma delas, em vez de ficar aqui nos aborrecendo? – perguntou um dos homens.

– Porque preciso das sementes para plantar – respondeu o monge.

Imediatamente, ele pegou a pera com as duas mãos e começou a comê-la. Pelo jeito, devia estar bem gostosa. Antes de terminar, pôs as sementes na palma da mão, tirou a pequena pá que carregava na cintura, usada para colher plantas medicinais, e começou a cavar um buraco. Quando o buraco ficou pronto, jogou dentro dele as sementes, cobrindo-as com terra.

O monge ficou de pé, examinou com cuidado a cova que tinha feito e disse que precisava regá-la com água morna. Um curioso trouxe um pouco de água, de uma venda ali perto, e o monge despejou-a devagar sobre a terra recém-revolvida.

Todo mundo seguiu seus movimentos com atenção. E, nesse instante, saiu da terra um broto, que cresceu e, instantes depois, transformou-se numa árvore com galhos frondosos. Nem bem as pessoas se recuperaram da surpresa, as flores desabrocharam nos galhos, que penderam, carregados de peras doces e perfumadas.

O monge taoísta subiu na pereira e começou a colher as peras dos galhos mais altos, oferecendo-as a quem quisesse. Num piscar de olhos, tudo foi distribuído. O monge pegou, então, a pá e bateu com ela no tronco da pereira, quebrando-o em pouco tempo. Pôs o tronco nos ombros, com a folhagem, e seguiu tranquilamente pela rua.

O camponês, que tinha se enfiado no meio da multidão logo no início, quando o monge havia começado a plantar as sementes, estava tão fascinado que nem se lembrava mais da carroça. E, quando o monge afastou-se, voltou correndo para as suas peras e teve uma surpresa maior ainda: a carroça estava vazia.

Por fim, ele compreendeu o que havia acontecido. Eram suas as peras que o monge havia distribuído de maneira tão generosa. Ele percebeu também que a carroça estava sem um dos varais, certamente havia sido serrado há bem pouco tempo. Indignado, foi atrás do monge. No canto do muro, estava o varapau que faltava. Era isso, então, o tronco da árvore! Quanto ao monge taoísta, nunca se soube em que direção havia seguido.

Remédio para cavalo

Ji Yun

Em Urumqi, um monge taoísta vendia remédios no mercado, e algumas pessoas diziam:

– Esse aí é feiticeiro. E dos grandes!

Ele havia sido visto em um albergue e comentavam que, pouco antes de dormir, abria uma bolsa que trazia na cintura. De dentro da bolsa tirava uma outra menor. E, nessa menor, pegava dois comprimidos de cor escura. Imediatamente duas mulheres belíssimas apareciam no quarto para dormir com ele. Elas só deixavam o quarto de madrugada.

No dia seguinte, alguém perguntava pelas moças, e ele fazia cara de desentendido. Negava de pés juntos que soubesse de alguma coisa.

No intervalo das lidas do campo, eu me lembrei do caso de Zhou Yuexi, narrado nos *Registros da Dinastia Yuan*, que contava que pessoas como esse monge taoísta são "caçadores de almas" e informava que essa magia perde a eficácia quando a pessoa come carne de cavalo.

Como um cavalo acabara de morrer na guarnição, enviei um ajudante com instruções secretas ao dono do albergue. Ele devia dizer ao monge taoísta que havia boa carne de cavalo disponível e que ele estava convidado para comer um pouco.

O monge taoísta moveu a cabeça de um lado para o outro.

– Carne de cavalo? É claro que não – disse.

Isso reforçou minhas suspeitas e decidi tomar providências.

Meu colega, o general Chen Tiqiao, foi contra:

– Que moças estejam com o monge taoísta é impossível saber, porque você não viu com seus próprios olhos. E não viu igualmente se ele comeu ou não carne de cavalo. Fiar-se em boatos não verificados para abrir um processo às pressas me parece perigoso. Nessa região, não se tem o direito de prender um indivíduo com base apenas na suspeita: melhor pedir que a autoridade competente o expulse do território e o assunto fica resolvido.

Eu estava pensando no que fazer quando o general Wen soube da história e disse:

– Querer ir a fundo nessa questão é muito arriscado. Suponhamos que, por medo de castigo, esse homem confesse qualquer coisa e levante falsas acusações. O assunto se tornaria então muito mais grave e seria preciso tomar outras providências.

"Como não existe nenhuma prova contundente, expulsá-lo do território não resolve, porque ele vai para outro lugar e, caso faça alguma coisa e seja detido, pode declarar que viveu durante muito tempo em Urumqi. E a responsabilidade recairia sobre nós por tê-lo degredado.

"De acordo com a tradição processual da fronteira, qualquer suspeito deve ser interrogado e investigado. Se existem provas reais, ele é entregue à autoridade competente. Caso contrário, melhor enviá-lo ao lugar de onde ele veio para que não engane o povo. Isso não é uma boa solução?"

Nós ficamos admirados e seguimos o sábio conselho do general Wen.

Zuo Ci, o mágico

Gan Bao

Zuo Ci, que também se chamava Yuanfang, nasceu em Lujiang e conhecia bem a astrologia e os cinco clássicos. Ele percebeu que os problemas estavam acumulando-se e que a dinastia Han entrava em declínio.

– Vivemos dias de degeneração e desordem – disse ele. – Pode ser fatal para um funcionário superior ostentar uma grande riqueza. Igualmente, não vale a pena procurar a fama ou o lucro.

Ele havia estudado filosofia e era capaz de executar mágicas incríveis, como, por exemplo, fazer com que os espíritos lhe preparassem comida refinada sempre que quisesse. Praticava meditação no alto do monte Tianzhu, onde tinha encontrado instruções sobre como fazer uma poção mágica que lhe permitia se transformar a qualquer hora. Eram incontáveis as maravilhas de que ele era capaz.

O sr. Cao Cao ouviu suas proezas e enviou um emissário para trazê-lo à sua presença. Ele jogou Zuo numa cela e pôs guardas a vigiá-lo, deixando-o sem comer durante um ano inteiro. Depois disso, porém, Zuo saiu da prisão forte e saudável. Cao Cao convenceu-se de que ele era um mágico, pois quem, a não ser um mágico, poderia ficar tanto tempo sem comer? Planejou então matá-lo. Zuo ficou sabendo do plano e foi até ele para lhe pedir permissão para ir embora.

– Por que ir embora? – perguntou Cao Cao.

– Porque mais cedo ou mais tarde o senhor vai me matar – respondeu.

Cao Cao negou que quisesse matá-lo e permitiu que ele fosse embora, mas antes iria oferecer-lhe uma festa de despedida.

– Já que eu vou embora – disse Zuo na festa –, vamos dividir um copo de vinho.

Cao Cao aceitou o convite.

Era inverno, e o vinho, que havia sido aquecido, estava muito quente. Zuo pegou um grampo do cabelo e mexeu o vinho. Logo o grampo desapareceu, como um pingo de tinta num tinteiro. A seguir, repôs o copo sobre a mesa. Cao Cao disse que pegasse o copo novamente para que bebesse primeiro. Mas Zuo simplesmente traçou uma linha no vinho com o grampo que novamente voltara à sua mão, e o líquido dividiu-se em duas partes. Zuo bebeu uma metade e passou a outra para Cao Cao. E, quando Cao Cao ficou desconfiado, Zuo ofereceu-se para beber ele mesmo o que restava. Depois de beber o vinho, jogou o copo no teto. O copo ficou grudado no alto, como se fosse um beija-flor. Todos os convidados maravilhavam-se com o beija-flor, até que, novamente com a aparência de um copo, caiu no chão. Mas nesse momento Zuo já havia desaparecido, e Cao Cao ficou sabendo que ele tinha ido embora.

Cao Cao sentiu então mais vontade ainda de matar Zuo para ver se ele tinha algum truque novo para escapar da morte. Ordenou que o prendessem, mas

Zuo escondeu-se em um rebanho de ovelhas, e seus perseguidores não puderam achá-lo. Quando eles contaram as ovelhas e acharam que tinha uma a mais, desconfiaram que ele se transformara numa delas.

– Nosso mestre quer apenas vê-lo – disseram. – Melhor você retomar a sua forma normal. Não precisa ter medo, porque nada vai acontecer.

Um carneiro de grandes chifres adiantou-se no rebanho e ajoelhou-se para perguntar:

– Estão falando a verdade?

Os enviados de Cao Cao responderam:

– É claro!

Eles estavam a ponto de agarrá-lo quando todas as ovelhas – centenas delas – transformaram-se também em carneiros com chifres e ajoelharam-se para perguntar:

– Estão falando a verdade?

De novo, portanto, eles não sabiam a quem agarrar.

Mais tarde, alguém conseguiu saber onde estava Zuo e o prendeu, não porque ele não conseguisse fugir, mas porque ele mesmo queria ser preso para exibir seus poderes sobrenaturais.

Zuo Ci foi jogado numa cela. Quando o carcereiro chegou para torturá-lo, descobriu que havia dois Zuo, um do lado de dentro da cela e outro do lado de fora, e ele não distinguia qual era o verdadeiro e qual era o falso.

Cao Cao, quando soube disso, ficou com mais raiva ainda e ordenou que Zuo fosse executado na praça do mercado. Mas novamente ele fugiu. Os guardas fecharam todos os portões da cidade, tentando evitar que ele escapasse. Quando aqueles que nunca o tinham visto perguntaram como ele era, os homens de Cao Cao disseram:

– Ele é cego de um olho e veste uma capa e roupa preta. Se avistarem uma pessoa com essas características, podem prendê-la que serão recompensados.

Nesse mesmo instante, todas as pessoas na praça do mercado tornaram-se cegas de um olho e apareceram vestidas com uma capa e roupa preta, e assim Zuo não pôde ser capturado novamente. Cao Cao disse aos seus homens que prendessem todos os caolhos vestidos de preto na praça e os matassem.

Um dos enviados de Cao Cao agarrou o primeiro homem e o matou, enviando a notícia do que tinha feito a Cao Cao, que ficou muito satisfeito. Mas quando o cadáver foi levado até ele, descobriram que era apenas um monte de palha – o corpo tinha evaporado.

Mais tarde, alguns homens de Jinzhou disseram que tinham visto Zuo Ci. E Liu Biao, o governador, determinou que ele fosse preso e executado por feitiçaria. Liu Biao reuniu suas tropas, e Zuo concluiu que o que o governador queria era assistir a um pouco de mágica. Zuo aproximou-se de Liu Biao e disse:

– Tenho um presentinho para cada um de seus soldados.

Liu Biao falou:

– Você é um estranho e está sozinho. Existem muitas pessoas no exército. Como poderia dar um presente para cada uma delas?

Mesmo com a má vontade de Liu Biao, Zuo insistiu. Tanto insistiu que Liu Biao enviou um emissário para saber de que presente se tratava. Foi encontrado um pouco de vinho e carne seca numa panela. Porém, quando tentaram trazer a panela e o vinho, nem mesmo dez homens conseguiram. O próprio Zuo trouxe então a carne e o vinho para os soldados. Cortou a carne e pediu que mais de cem homens o ajudassem a distribuir os pedaços, junto com um pouco de vinho, a cada um dos homens. Cada um recebeu três copos de vinho e uma fatia de carne, que tinha o gosto de carne normal. No fim, cerca de dez mil soldados comeram carne e beberam vinho, mas dentro da panela a quantidade dos alimentos parecia não ter diminuído. Foi organizado também um banquete com outros mil convidados, e todos eles ficaram bêbados de tanto vinho. Liu Biao, muito impressionado, desistiu de matar Zuo.

Algum tempo depois, Zuo foi para o reino de Wu e bateu à porta da casa de um homem chamado Xu Duo, que entendia de mágica e vivia na aldeia Dantu. Alguns dos protegidos de Xu foram ao portão com cinco ou seis carros de boi. E mentiram:

– Xu Duo não está em casa.

Embora soubesse que essa afirmação não era verdade, Zuo foi embora. Logo os bois começaram a subir nas árvores. Os homens ficaram impressionados e subiram nas árvores, atrás dos bois, mas os bois desapareceram e, quando os homens desceram, os bois apareceram de novo nos galhos mais altos. Espinhos de quase trinta centímetros de comprimento cresceram nas rodas dos carros de boi, e era impossível cortá-los, e as rodas não saíam mais do lugar. Os homens foram falar com Xu:

– Chegou um caolho. Achamos que ele era um tipo qualquer e mentimos para ele, dizendo que o senhor não estava em casa. Logo os nossos carros de boi ficaram enfeitiçados. Pode nos dizer o que isso significa?

Xu disse:

– Ah, deve ser Zuo Ci. E vocês não deviam ter tentado enganá-lo. Se correrem, pode ser que consigam encontrá-lo.

Eles saíram em direções diferentes e, quando o encontraram – cada um encontrou um Zuo em cada lugar –, pediram desculpas pelo que tinham feito. Quando voltaram, o feitiço havia acabado e os bois estavam novamente nos carros.

Em seguida, Zuo Ci foi visitar Sun Ce, o senhor de Wu, que também queria matá-lo. Quando saíram para passear juntos, Sun convidou Zuo a caminhar na frente de seu cavalo, planejando apunhalá-lo pelas costas. Zuo Ci estava com uma vara de bambu e começou a caminhar na frente do cavalo de Sun. Embora Sun chicoteasse o próprio cavalo, não conseguia alcançar Zuo. Percebeu logo que isso era devido aos poderes mágicos de Zuo Ci e desistiu.

Mais tarde, Zuo Ci procurou um monge taoísta, chamado Ge Xuan, que iria para a montanha Hua a fim de fazer uma poção mágica. E, desde essa época, ele nunca mais foi visto.

O homenzinho na orelha

Pu Songling

Tan Jinxuan trabalhava na subprefeitura de Zichuan, na província de Shandong, após ser aprovado nos exames de primeiro grau para funcionário público. Ele era taoísta e praticava exercícios respiratórios sempre que podia, mesmo quando fazia muito frio ou muito calor. Depois de muitos meses, achava que os exercícios de controle de respiração estavam fazendo-lhe bem.

Um dia, pouco depois de se preparar para a meditação, escutou saindo de seu ouvido uma voz muito fina, tão fina que parecia a de uma mosca:

– Dá para ver!

Tan Jinxuan abriu os olhos, mas não viu nada. Fechou-os novamente, prendeu a respiração, e os cochichos recomeçaram. Ele pensou que esses cochichos eram um sinal de que logo seria um imortal, o que o deixou muito contente.

A partir desse dia, começou a ouvir a voz logo que se sentava para meditar. E ficava ali, calado, esperando que a criatura dentro do ouvido recomeçasse a cochichar para descobrir como ela era.

Certa vez, escutou de novo o cochicho:

– Dá para ver!

Sentiu imediatamente uma coceira na orelha, como se estivesse saindo alguma coisa do seu ouvido. Num lance, percebeu que era um homenzinho, de mais ou menos dez centímetros, e de aspecto tão repugnante quanto o de um *yaksa*, o demônio de origem indiana. Maravilhado com as cam-

balhotas que o homúnculo dava no chão, Tang concentrava toda a sua atenção nesses movimentos quando, de repente, ouviu um vizinho bater à porta, certamente para pedir alguma coisa emprestada. Com esse barulho, o homúnculo entrou em pânico, correu de um lado para outro, como um rato em fuga que não consegue encontrar o caminho de volta para a toca.

Sem fôlego, Tang nem conseguiu perceber para onde a criaturinha tinha corrido. E, nesse instante mesmo, caiu num estado de demência, gritando e chorando sem parar. Só se curou seis meses depois, com um tratamento à base de poções com ervas colhidas no alto da montanha.

A mulher repetida

Chen Xuanyou

Este fato aconteceu no início do reinado da imperatriz Wu da dinastia Tang, numa cidade da província de Hunan, onde vivia um funcionário público chamado Zhang Yi. Ele era um homem simples e reservado, de poucos amigos. Não tivera filhos homens, apenas duas filhas, porém a mais velha havia morrido quando ainda criança. A mais nova, Qian Niang, era muito bonita.

Zhang Yi tinha um sobrinho, Wang Zhou, quase da idade da filha, inteligente e também muito bonito. Zhang Yi gostava de falar que esse sobrinho teria um futuro muito brilhante e brincava, dizendo: "No tempo certo, minha filha vai ser a esposa ideal para ele".

Em seus sonhos secretos, Wang Zhou e Qian Niang sonhavam com frequência um com o outro. Mas suas famílias ignoravam tudo, e quando, mais tarde, apareceu um rapaz muito distinto, que trabalhava para Zhang Yi, e pediu-lhe a mão da filha, ele concordou.

A notícia partiu o coração de Qian Niang, e Wang Zhou ficou muito decepcionado. Ele então disse que gostaria de se mudar do lugar onde trabalhava e aceitou um cargo na capital. Nada conseguiu demovê-lo da ideia, e ele foi autorizado então a partir, não sem antes receber muitos presentes.

Depois do último adeus, com o coração mortificado, Wang Zhou pegou o barco que ia para a capital. No fim da tarde, o barco já tinha avançado no rio muitos quilômetros, entre colinas muito verdes. Caiu a noite. Wang Zhou não conseguia dormir. De repente, ouviu passos na margem. Pouco depois, os passos pararam diante do barco. Wang Zhou, perplexo, reconheceu Qian Niang, de pés descalços.

Cheio de alegria, ele a tomou nos braços e perguntou de onde ela vinha. Ela respondeu, entre lágrimas:

– A força do seu amor nos uniu em sonho. Agora, contra a minha vontade, querem me obrigar a casar com outra pessoa. Eu sei que você vai me amar para sempre e prefiro morrer a viver sem você. Por isso, fugi.

Wang Zhou ficou zonzo ao ouvir tais palavras. Jamais ele podia esperar por isso. Ele escondeu Qian Niang dentro do barco, e eles partiram juntos, numa longa viagem, dia e noite. Alguns meses mais tarde, estabeleceram-se em Sichuan, bem longe de sua região natal.

Cinco anos depois, Qian Niang teve dois filhos. Ela nunca mais tinha escrito para os pais, mas pensava sempre neles. Um dia, chorando, ela disse a Wang Zhou:

– Para seguir você, um dia, abandonei os meus pais, e já se passaram cinco anos sem que eu os tenha visto. Sinto falta do carinho deles, e o céu nunca vai me perdoar por viver longe dos meus pais.

Emocionado com a tristeza de Qian Niang, Wang Zhou respondeu:

– Vamos então voltar para o nosso lugar. Sofrer assim não tem sentido.

Eles voltaram à sua cidade natal. Na chegada, Wang Zhou foi sozinho bater à porta de Zhang Yi para lhe contar tudo o que havia acontecido e para pedir o seu perdão. Mas Zhang Yi esbravejou:

– O que está me contando? Minha filha está no quarto, de cama, muito doente, faz anos.

– Mas ela está no meu barco – insistiu Wang Zhou. – Vá agora mesmo até lá para vê-la.

Um pouco perturbado, Zhang Yi mandou um empregado verificar o que estava acontecendo.

De fato, Qian Niang estava lá, radiante e viva, impaciente para rever os pais.

– Como vão meu pai e minha mãe? – perguntou.

O criado, sem fala, correu para contar a Zhang Yi o que acabava de ver.

Antes que Zhang Yi pudesse decidir o que fazer, a jovem doente soube da notícia na sua cama, levantou-se, vestiu suas roupas mais bonitas, seus enfeites e passou pó no rosto. Depois disso, sorrindo e muda, desceu para receber a recém-chegada.

As duas avançaram, uma na direção da outra, e, logo que se encontraram, seus dois corpos fundiram-se em um só, perfeitamente. No entanto, esse corpo único vestia um conjunto duplo de roupas.

Zhang Yi, estupefato, comentou:

– Desde a partida de Wang Zhou, você se tornou muda e parecia alheia a tudo ao seu redor. Era evidente que se tornara um corpo sem alma!

Qian Niang respondeu:

– Eu não sabia que o meu corpo havia permanecido em casa. Apenas me lembro de Wang Zhou partir indignado daqui e de, na mesma noite, eu ter ido ao encontro dele no barco. Realmente tenho dúvidas se o meu corpo ficou ou se saiu desta casa.

A família preferiu guardar segredo sobre o acontecido. Apenas algumas pessoas mais próximas ficaram sabendo. Os jovens esposos viveram ainda quarenta anos, e seus dois filhos tornaram-se altos dignatários no reino.

Muitas vezes ouvi essa história quando era jovem. Há várias versões, e muitos acreditam que o episódio nunca aconteceu realmente. Oitenta anos depois, encontrei por acaso Zhang Zhonggui, o chefe administrativo de Lai Wu, que era sobrinho-neto de Zhang Yi. Reconto aqui o que ele me contou detalhadamente.

O caso do magistrado Dong

Gan Bao

O magistrado Dong fez quarenta anos e morreu poucos dias depois de uma febre maligna. Sua casa parecia amaldiçoada. A primeira mulher tinha morrido três anos antes. Depois, ele se casou novamente com uma belíssima mulher. Jovem, cheia de vida e amorosa. E, antes que o prefeito Dong pudesse gerar uma descendência, foi levado deste mundo pela febre.

A viúva, Feng Li, ficou prostrada dois dias, chorando a morte daquele que havia sido seu único e grande amor. Um amor que havia durado anos, pois ela, desde criança, havia se apaixonado por ele, naqueles amores ardentes, contidos e impossíveis.

A morte da primeira esposa de Dong fora um sinal. O incêndio subterrâneo que consumia Feng Li, propagando-se pela turfa do seu ardor juvenil, voltara à superfície. Não ressurgira arrebatador, como da primeira vez, mas na forma de flores de pessegueiro despetalando-se sobre o lago Tian.

Todo mundo no povoado conhecia o magistrado Dong. Sua bondade. Suas virtudes excepcionais. Sua disposição em ajudar quem tivesse necessidade. E um dia, durante uma visita dos pais de Feng Li ao magistrado Dong, ele percebera, enfim, a rara beleza da moça. Algum tempo depois, eles se casaram.

Então, Dong morreu. E estava ali agora, no leito ainda nupcial, seu corpo, de olhos ainda úmidos. Em breve seria levado embora, como um último sopro de sentimentos tão intensos. Foi nesse momento que Feng Li ouviu um profundo suspiro. O suspiro transformou-se em gemidos, e esses gemidos vinham de onde se encontrava o magistrado Dong.

Sim, era ele. Pequenos movimentos. De início, quase imperceptíveis. Depois, mais agitados. E era ele, enfim, que despertava, movendo os lábios e pedindo um copo d'água. E, ao falar, a voz era bem a sua: Dong, o magistrado. Bebeu um pouco de chá, pensativo, com os olhos semiabertos, ainda não habituados à luz, mas o brilho das pupilas não conseguia esconder pequenas nuvens escuras que criavam uma atmosfera de preocupação.

Ele bebeu um pouco de chá, sentou-se no leito e pediu que Feng Li chamasse alguém para tomar notas, pois ele tinha um sonho bastante estranho para contar. Com as costas apoiadas no travesseiro, esperou a chegada dos criados e então, com todos em volta, começou o relato:

– Na noite passada – disse ele –, na terceira batida do sino, uma voz me chamou pelo nome. Fui até a varanda e percebi no jardim um desconhecido, com roupa de um alto funcionário do Palácio. Ele estava perto de um carro, com dois cavalos atrelados. Mantilhas brancas, que cintilavam à luz do luar, cobriam os dois animais.

"Ele disse que tinha uma convocação oficial no meu nome e, em seguida, apertou meu braço com punhos de ferro e me fez subir na carruagem, que imediatamente se pôs em movimento, depressa, depressa, veloz, cada vez mais veloz, quase voando. Passamos os portões da Prefeitura, escancarados àquela hora da noite, e avançamos na escuridão.

"As sombras das árvores também eram velozes, deslizando vertiginosas ao nosso lado, e de repente fomos engolidos por uma densa neblina. Não demorou muito e a neblina foi se adelgaçando em farrapos que contornavam uma imponente muralha, em volta de uma cidade imensa, certamente capital de algum reino distante.

"Depois de andarmos ao redor da muralha, escura como picumã, chegamos a uma porta pintada de vermelho. Ela era flanqueada por duas torres, com as bases na forma de um animal estranho, e dessas torres saíam criaturas como gárgulas, feitas com cabeças de mortos recentes ou com peles humanas esfoladas que drapejavam como estandartes. Com a nossa aproximação, os dois batentes rangeram de um jeito sinistro.

"A cidade era recortada por ruas largas, que delimitavam uma grande quantidade de quarteirões, palácios, templos e edifícios oficiais. A carruagem parou no pátio interno de um grande edifício. Depois de me fazerem subir por uma escada majestosa, meu guia conduziu-me a uma sala de audiências onde estavam três juízes.

"– Meirinho – disse um deles –, traga o arquivo de capa preta, com um laço roxo, aberto na página de um homem chamado Dong, que exerce a função de magistrado no Império do Meio.

"Depois de um tempo um tanto longo, mesmo em termos de burocracia, a voz do juiz cortou novamente o silêncio:

"– Meirinho! O que está acontecendo? Por acaso está dormindo em cima dos registros?

"– Queira me desculpar, senhor, não consigo achar o nome do magistrado Dong.

"O juiz começou a tamborilar os dedos sobre o tampo da mesa, arrancando sons secos que logo se espalharam no ambiente. Dessa vez, sua voz soou condescendente:

"– Tome alguma iniciativa, caro amigo. Estamos perdendo um tempo precioso. O tribunal está atravancado de processo nesses tempos difíceis – disse ele. – Procure então um arquivo vermelho, o dos casos em litígio.

"O meirinho trouxe um novo arquivo, de onde foi retirando folhas de papel amareladas. No fim, exclamou:

"– Eu bem sabia que estava consignado aqui! Dong, magistrado do Império do Meio. Homem virtuoso, de uma compaixão sem nome e de uma retidão exemplar. Caso muito raro na administração da dinastia atual. Fez muitas coisas boas e ajudou muita gente sem se importar com posição ou riqueza. Morreu aos quarenta anos sem deixar descendência.

"Os três juízes falaram em voz baixa durante alguns momentos, e depois o presidente do tribunal declarou num tom solene:

"– Deve ter algum erro aqui. Trata-se, sem dúvida, de negligência de algum funcionário do Destino. Que injustiça! Um homem assim, cheio de méritos, que morre na flor da idade sem deixar ninguém para perpetuar seu nome. Isso constitui um terrível mau exemplo para os outros humanos. Não é nada encorajador para outras pessoas que queiram fazer o bem. Vamos entrar com um recurso junto a Sua Majestade do Inferno. Processo seguinte!

"Então me virei na direção de meu guia e perguntei:

"– Desculpe minha curiosidade, mas não seria esse, por acaso, um dos tribunais do inferno? Se estou entendendo bem, isso significa que eu morri?

"Ele pôs a mão sobre o meu ombro e então me respondeu com um sorriso:

"– Não fique preocupado, tudo vai dar certo, seu processo está em boas mãos. Você caiu no melhor dos 24 tribunais do Inferno. Juízes íntegros e escrupulosos. Como você está no registro vermelho, o das pessoas virtuosas em situação irregular, e como aqui não se precisa de dinheiro para suborno nem incenso ou libação para influenciar os juízes, você tem todas as chances de voltar para casa.

"Enquanto eu esperava, trouxeram um mandarim que usava uma roupa de seda e distintivos de jade de alto dignatário da Corte Imperial.

"– Meirinho – ordenou o juiz. – Diga-nos a identidade e o passado terrestre desse réu.

"O escriba abriu o registro de cor preta e leu o seguinte:

"– Chen Li, ministro da Justiça do Império do Meio. Depois de ter feito intrigas para afastar injustamente um de seus colegas, a fim de usurpar o lugar dele, usou o cargo para enriquecer e estender inescrupulosamente o seu poder. Culpado de corrupção, sequestros, falso testemunho, luxúria, tortura e condenação de inocentes. Ele morreu no leito sem manifestar nenhum remorso.

"Os juízes deliberaram, e um deles leu a seguinte sentença:

"– O referido Chen Li, tendo desonrado a profissão que lhe havia sido confiada pelo Filho do Céu, é condenado a sofrer todo tipo de suplício que infligiu aos seus semelhantes. Ele será detido durante quatro ciclos celestes, no nono nível do Inferno, a fim de purificar seu espírito através dos cinco elementos. Ele deverá em seguida reencarnar na forma de um cachorro, depois na de um burro e finalmente em uma família miserável.

"O ministro protestou energicamente, clamou inocência, invocou erro judiciário, gritou que iria apelar, ameaçou os juízes. Os guardas, demônios com cabeça de cavalo, de porco, de serpente, irromperam na sala, amarraram o preso numa cadeira. Um dos juízes dirigiu-se ao condenado nos seguintes termos:

"– Saiba que todas as coisas que você fez e todos os seus gestos foram registrados minuciosamente nesses arquivos e nada do que acontece no mundo pode nos escapar. A lista de seus crimes e delitos, bem comprida, foi verificada em todos os detalhes, e por isso mesmo a instrução do processo demorou mais de um ano. Saiba igualmente que a justiça do Reino das Sombras é implacável e imparcial. Todo mérito é cedo ou tarde recompensado; toda falta, sancionada. E, para refrescar a sua memória e para que você acabe com esses protestos, tragam o Espelho da Verdade.

"Um auxiliar tirou de uma caixa ricamente trabalhada o espelho, no qual o condenado pôde ver com horror estampado na face todos os crimes odiosos de que ele era responsável. Depois, com um leve gesto, o juiz deu uma ordem, e os guardas levaram o prisioneiro. Nesse meio-tempo, chegou um mensageiro.

Ele trazia um rolo e entregou-o ao presidente do tribunal, que o estendeu sobre a mesa. Depois de fazer um sinal para que eu me aproximasse, o magistrado declarou:

"– Sua Majestade Yan Lo, Rei dos Infernos, levou pessoalmente seu processo até o Imperador Celeste. Sua Grandeza Sereníssima permite que você reencarne por mais dois ciclos terrestres de doze meses cada e concede também, por merecimento, a extensão de sua descendência."

O magistrado Dong, que contava essa história com uma voz fraca e trêmula, levou a mão aos olhos e murmurou esta última frase, antes de cair novamente em sono profundo:

– Eu então desmaiei e acordei há pouco na minha cama.

Quatro semanas depois, a jovem esposa do prefeito ficou sabendo que estava grávida e, um ano depois da curiosa doença do marido, deu à luz um bebê encantador, que, segundo alguns adivinhos, trazia os sinais característicos de uma pessoa predestinada.

O tigre arrependido de Zhaocheng

Pu Songling

Uma mulher muito idosa de Zhaocheng, com mais de setenta anos, vivia com seu filho único. Um dia, o filho estava caminhando numa montanha e foi devorado por um tigre. A mulher, cheia de dor, chorou durante vários dias e várias noites, e sofreu tanto que achou que iria morrer. Ainda chorosa, procurou o juiz.

– Como processar e prender um tigre? – perguntou o juiz, achando graça das exigências da mulher.

A mulher ficou mais furiosa ainda. O juiz tentou convencê-la, mas ela não queria escutá-lo. E continuou dizendo que ele precisava tomar providências contra o tigre. Cansado, o juiz pensou, pensou e prometeu mandar prender o animal.

A velha ajoelhou-se aos seus pés. Recusou-se a deixar o tribunal enquanto ele não escrevesse num papel o mandado de prisão contra o tigre. Li Neng, um policial que naquele dia tinha bebido muito, falou que ele mesmo se encarregaria da prisão do tigre. Ouvindo isso, a mulher foi satisfeita para casa.

Logo que Li Neng ficou sóbrio, arrependeu-se. Mas ele disse para si mesmo que o mandado de prisão era só uma astúcia do juiz para se ver livre do choro da mulher. Então foi devolver o mandado ao juiz, que ficou muito zangado.

– Você prometeu prender o tigre. Deu sua palavra e não pode voltar atrás.

Posto contra a parede, Li Neng implorou ao juiz que ao menos lhe concedesse reforços para capturar o tigre. Seu pedido foi prontamente atendido.

Noite e dia, Li Neng e sua patrulha percorreram a montanha na esperança de encontrar o tigre. Em vão. No fim de um mês, sem resultado nenhum, o juiz ordenou que ele fosse açoitado cem vezes. Não sabendo mais o que fazer, ele foi a um santuário taoísta situado no leste da cidade. Caindo de joelhos, implorou ao deus do lugar até perder a voz.

Foi nesse momento que o tigre apareceu. Li Neng reteve o fôlego, certo de que seria devorado. Mas o tigre passou a cabeça pela porta do pequeno templo e, olhando Li Neng bem nos olhos, sentou-se como se sentam os tigres.

Então Li Neng disse:

– Poxa, tigre! Se foi você que matou o filho da velha, peço licença para prendê-lo, porque senão estou perdido.

E o policial, pegando uma corda, passou ao redor do pescoço do animal. O tigre baixou as orelhas e aceitou a corda em silêncio, enquanto o policial levou-o ao escritório do juiz. O juiz perguntou ao tigre.

– Foi você que comeu o filho dessa mulher?

O tigre disse que sim com a cabeça.

– Aqui, quem tira a vida de uma pessoa deve morrer – disse o magistrado. – É a lei, uma lei tão velha quanto o mundo. Além disso, a pobre mulher só tinha esse filho. Como ela vai conseguir sobreviver a partir de agora? Porém, se você conseguir tomar o lugar do filho dela, para que não fique sozinha, eu suspendo sua sentença de morte.

O tigre novamente assentiu com a cabeça. A corda então foi retirada e o animal saiu, enquanto a velha lamentava-se, muito triste, que o juiz tivesse libertado o culpado.

No dia seguinte, pela manhã, logo que abriu a porta, ela descobriu um cabritinho morto na soleira. Ela pegou o cabritinho e foi trocá-lo por diversos produtos na cidade. E no dia seguinte aconteceu a mesma coisa, e isso durou semanas e meses. Muitas vezes, em vez de caça, o tigre trazia na boca um corte de seda para um vestido ou algumas peças, sempre os depositando diante da porta.

Assim, a mulher acabou não passando dificuldades. Aliás, certas dificuldades por que passava eram facilmente resolvidas pelo tigre, o que não aconteceria se seu filho ainda estivesse vivo. Depois de algum tempo, o tigre passou até mesmo a se refestelar num puxado que ela tinha e passava o tempo ali, de vigia, cochilando. Nem os animais nem as pessoas tinham mais medo dele.

Muito tempo depois, a mulher acabou morrendo, e o tigre gemeu de um jeito tão triste diante da porta da casa que partia o coração de quem o escutava. A mulher, antes de morrer, tinha feito muitas economias para ter um funeral bem bonito, e seus parentes se encarregaram de enterrá-la.

Logo que começou a ser lançada a terra na cova, o tigre pulou dentro, sem que ninguém esperasse. As pessoas em volta abriram espaço, com medo. Mas o tigre apenas se colocou diante do caixão e deu um rugido tão triste que todo mundo começou a chorar. Pouco depois, o tigre foi embora.

Em homenagem a esse tigre tão leal, as pessoas de Zhaocheng colocaram nas redondezas uma estela, ou seja, uma grande pedra, na qual esta história é contada para quem quiser ler.

Um sonho em Handan

Shen Jiji

Antigamente, um jovem letrado chamado Lu Sheng encontrou um velho monge taoísta chamado Lü em uma hospedaria na estrada que levava à cidade de Handan. Durante a conversa, Lu Sheng contou ao monge taoísta seus infortúnios dos últimos anos.

Após ouvir o relato de Lu Sheng, o monge taoísta tirou de dentro de sua sacola um travesseiro e o entregou ao jovem, dizendo:

– Pegue este travesseiro e durma com ele. Ele lhe dará muita satisfação.

Enquanto os dois conversavam, o dono da hospedaria cozinhava um caldo de painço. Como estivesse muito cansado, Lu Sheng adormeceu com a cabeça sobre o travesseiro.

Ele teve um belo sonho, em que se casava com uma moça não só linda e formosa, mas também da família Cui, que era muito rica. No sonho, ele vivia sem preocupações, inclusive com tempo para estudar.

Mais tarde, ele foi a Beijing para fazer um concurso público e passou, subindo na carreira, pois foi escolhido para superintendente. Pouco depois, com a derrota dos bárbaros do Oeste, foi promovido a primeiro-ministro e, depois de dez anos no cargo, pediu para retornar a sua terra natal para descansar, já que estava velho e com o corpo cansado.

A esposa, uma mulher virtuosa e de grande bondade, deu-lhe cinco filhos, um mais valorosos do que o outro, todos exercendo cargos importantes no Estado. Os netos também eram muito habilidosos. Finalmente, seus descendentes casaram-se com pessoas de famílias importantes, e esses laços familiares também os tornaram importantes e conhecidos.

Lu Sheng viveu no conforto e no luxo até os oitenta anos.

Pena que tivesse sido sonho, e sonhos normalmente não continuam depois que a pessoa acorda, principalmente com a algazarra de uns viajantes que tinham chegado à hospedaria. Ao voltar à realidade, Lu Sheng viu que as belas imagens do sonho foram dissipando-se, como a neblina, uma a uma, diante dele. Surpreso, exclamou:

– Que estranho! Será que eu estava sonhando?

O monge taoísta, que ainda estava ao seu lado, respondeu:

– Sim, você teve um breve sonho. Veja, a sopa que o hospedeiro está preparando ainda não está pronta. A riqueza e a glória da vida real são tão etéreas quanto o seu sonho. Para que, então, ficar disputando cada palmo de glória e de riqueza da vida?

Os três tigres

Xu Fang

Nos últimos anos, nossa aldeia foi infestada por tigres, que devoraram muitas pessoas, mais do que se conseguiria contar. Viajantes que passavam por aqui diziam que isso acontecia também no resto da China.

Segundo muitos, os tigres errantes seriam enviados do céu, encarregados de procurar aqueles que tinham conseguido escapar de uma morte violenta. Outros afirmavam que debaixo da pele do tigre se escondiam demônios ferozes, espíritos vingadores em estado de furor extremo. Essas duas explicações até poderiam ser verdadeiras, mas nenhuma era tão estranha como a do velho Huang.

O velho Huang morava no povoado de Mixi, a alguns quilômetros do distrito de Qiao. Ele tinha três filhos na flor da idade. Na primavera daquele ano, ordenou que os filhos fossem lavrar o campo nas colinas, e durante muitos dias eles saíam bem cedo e voltavam no fim da tarde.

Certo dia, um vizinho disse a Huang:

– O seu roçado está cheio de mato.

– Como pode ser? – respondeu o velho Huang. – Meus filhos passam lá, trabalhando o dia inteiro.

– Parece que não – respondeu o vizinho.

Intrigado, Huang decidiu seguir os filhos. Na manhã seguinte, foi atrás deles. Logo que entraram no bosque, ao pé da colina, eles tiraram a roupa e a penduraram em galhos de árvore. Depois se transformaram em tigres, pulando e dando terríveis rugidos.

Aterrorizado, o velho Huang voltou depressa para a aldeia. Ele contou ao vizinho o que tinha visto e depois se trancou dentro de casa.

À noite, seus filhos voltaram. Esperaram muito tempo, diante da porta fechada, mas ninguém respondia quando chamavam. No fim, o vizinho saiu e explicou que seu pai os renegava depois do que tinha visto no bosque.

– O que ele viu foi verdade – reconheceram os rapazes. – Mas não fazemos assim por nossa vontade. É o mestre dos céus que nos obriga a isso.

Em seguida, o mais velho chamou o pai.

– Pai, como poderíamos ser ingratos com o senhor? Sua bondade para conosco é sem limites. Ficamos desesperados por termos sido escolhidos há tanto tempo para esse papel funesto. Nos últimos dias, corremos por montes e vales, na esperança de encontrar alguém para tomar nosso lugar, porque não aceitamos a sorte que nos foi reservada. Não deu certo. Agora, mesmo com o senhor sabendo o que está acontecendo, não podemos desobedecer às ordens que nos foram dadas. No bolso de cima do meu casaco, pai, tem uma caderneta. Pegue essa caderneta, pai, senão o senhor estará perdido, e teremos nós três aqui assinado a sua sentença de morte.

O velho Huang pegou a candeia e procurou no bolso de cima do casaco do filho, de onde tirou a caderneta. Ele leu os nomes de todos aqueles que, no distrito, deviam ser mortos pelos tigres. Seu nome vinha em segundo lugar na lista.

– O que podemos fazer? – gritou ele desesperado.

– Abra a porta – respondeu o mais velho. – Acho que existe uma saída.

O velho Huang abriu a porta. O filho mais velho pegou a caderneta, e os três filhos, retendo os soluços, inclinaram-se diante do pai. Em seguida, disseram:

– Que seja o destino do mestre dos céus. Agora, pai, vista quatro ou cinco calças e camisas, uma por cima da outra, mas não afivele o cinto. E depois reze ajoelhado. Temos um jeito de salvá-lo.

O velho Huang obedeceu. Nem bem se ajoelhara, seus três filhos já tinham virado tigres e caíram sobre ele com as garras afiadas. Com patadas e dentadas, cada um arrancou uma camada das roupas e foram embora rugindo, com fiapos de roupa na garganta.

Nunca mais eles foram vistos na aldeia, e o velho ainda hoje mora no mesmo lugar.

Desde a Antiguidade, existem casos de homens que se transformam em tigres. E tigres eles se tornam, irreversivelmente, da cabeça aos pés. O que é excepcional aqui é que os três irmãos não tinham ainda deixado o mundo dos humanos. Seguramente, encontrar o pai na lista dos homens a serem mortos era para eles uma grande provação. E a astúcia imaginada a fim de salvar a vida do pai não deixa de ser engenhosa. Seus corpos haviam se tornado corpos de tigres, mas não seus corações nem seus espíritos.

O mundo está repleto de seres com aparência humana que não sabem reconhecer nem mesmo seus pais. E outros, que viram tigres, lembram-se ainda das coisas boas que receberam no tempo em que eram homens!

O monge taoísta do Vale da Garganta

Anônimo*

No reinado de Kaiyuan (713-741), existiam muitos tigres no Vale da Garganta. No ancoradouro onde atracavam os barcos, ao andarem pelas margens do rio, muitos homens eram atacados e feridos antes de conseguirem correr de volta à embarcação. Os passageiros começaram a se organizar em caravanas na tentativa de escapar, mas sempre alguém servia de comida aos tigres, enquanto outros se salvavam. Era preciso fazer alguma coisa, pois caso contrário muitos morreriam. A partir de então, surgiu um estranho hábito: ao ancorar o barco no vale, dois homens eram abandonados na margem para servir de alimento aos tigres.

*Extraído de *Registros de Taiping*, volume 426, Tigres I.

Algum tempo depois, um barco passou pelo vale. Todos os passageiros eram homens fortes, e dois deles eram muito pobres. Esses dois foram escolhidos para serem abandonados junto do barranco. Um deles, sabendo que não teria como escapar, levantou-se e disse:

– Bem sei que sou pobre e devo morrer no lugar de vocês. Mas cada homem tem a sua sorte. Caso consiga escapar, tenho uma exigência a fazer. Vocês aceitam?

O miserável pôs tanta sinceridade no que dizia que todos ficaram emocionados.

– Qual é a sua exigência?

– Vou descer do barco agora e tomar a iniciativa de procurar o tigre. Quando encontrá-lo, preciso ainda de um tempo para lutar com ele. A minha única exigência é que o barco fique me esperando aqui e não vá embora. Caso eu não retorne até o meio-dia, podem partir.

Os passageiros consideraram o pedido razoável. Alguém disse:

– Depois de você descer, nós aportaremos e esperaremos até a madrugada de amanhã. Se ainda não tiver voltado, partiremos.

Ouvindo a promessa dos passageiros, o homem desceu com um machado na mão e partiu em busca do tigre.

No mato não havia rastros de gente, apenas pegadas de tigre. A vegetação tornava-se mais fechada a cada passo, floresta adentro, seguindo a trilha de pegadas do tigre. O homem chegou a um desfiladeiro onde havia muita lama e marcas profundas de pisadas da fera. Caminhou mais duzentos metros e avistou uma caverna. Aproximou-se e viu uma cama de pedra, em que um monge taoísta dormia. Ao seu lado, uma pele de tigre estendida em um varal. O miserável supôs que era ali que ocorria a transformação do homem em tigre. Então, aproximou-se devagarzinho e tirou a pele do tigre do varal, vestiu-a e ficou parado com o machado na mão.

O monge taoísta acordou sobressaltado e logo percebeu que a pele do tigre havia desaparecido. Ameaçou:

– Eu deveria comê-lo! Como se atreve a roubar a minha pele?

Disse isso e jogou-se para cima do homem. Os dois iniciaram uma briga ferrenha, sem que nenhum conseguisse vencer o outro. O monge estava em ligeira desvantagem e suplicou:

– Cometi graves erros e estou pagando a minha penitência ao me transformar em tigre e ter de comer mil homens para me redimir. Eu já comi 999, agora só falta você para completar o meu castigo. Como sou desafortunado, você roubou a pele. Se não me devolvê-la, terei de começar tudo do zero e comer outras mil pessoas. Tenho um plano que será perfeito para nós dois. Quer ouvir?

– Sim, pode falar – respondeu o homem.

– Volte para o barco com a pele. Corte os cabelos, a barba e as unhas. Esfregue gotas de sangue no rosto, nas mãos, nos pés e em algumas roupas velhas e faça um boneco juntando o cabelo, a barba e as unhas. Quando eu chegar à margem, jogue a pele sobre mim e eu me tornarei um tigre. Logo a seguir, jogue esse boneco para o tigre, que irá comê-lo em seu lugar – falou o monge.

O miserável voltou imediatamente com a pele para o barco. Os passageiros ficaram surpresos com o seu rápido retorno, e então ele contou tudo o que havia acontecido, conforme as instruções do monge.

Perto do amanhecer, o monge chegou à margem onde estava atracado o barco. O miserável então jogou a pele, e o monge transformou-se num tigre feroz, que urrava, pronto para dar o bote. Imediatamente, o homem lançou o boneco para o tigre, que o engoliu e retornou para a montanha.

A partir de então, nunca mais se ouviram notícias sobre homens sendo devorados por um tigre. Todos diziam que ele já devia ter comido o número requerido de vítimas e decerto fora para o céu.

O homem que queria ser peixe

Li Fuyen

Xue Wei tinha trinta anos e era um homem simples e sem história. Simples funcionário em um tribunal da província, ele passava os dias tranquilos em companhia de seus três amigos: Zhou, Lei e Pei.

Naquele ano, no início do outono, Xue Wei ficou doente. Acorreram todos os médicos renomados da região, e nenhum sabia dizer que doença ele tinha. Passada uma semana, ele ficou inconsciente por vários dias seguidos. Os parentes e amigos achavam que ele estava desenganado. No início, ele ainda sentia sede e bebia muita água, mas por fim não comia mais nada nem reagia quando alguém dizia o seu nome. Parecia morto, mas persistiam indícios de que a região do coração ainda estava quente. Seus parentes, recusando-se a enterrá-lo, sucediam-se em seu leito de morte.

Vinte dias depois, Xue Wei deu um longo bocejo e sentou-se na cama. Depois perguntou à esposa:

– Quanto tempo eu dormi?

– Vinte dias.

– É verdade, também acho que dormi durante todo esse tempo. Chamem depressa meus colegas Zhou, Lei e Pei, e digam para eles virem aqui. Decerto estão à mesa, prontos para comer uma carpa. Digam que estou bem novamente e tragam junto o meirinho Zhang. Eu gostaria de contar para eles uma coisa muito estranha.

Um criado foi despachado para chamar os três empregados do tribunal, que de fato estavam sentados à mesa, em volta de uma travessa com uma carpa. Assim que eles ouviram a notícia, deixaram a travessa e os pauzinhos e correram até onde estava Xue Wei.

Depois de alguns instantes de emoção por causa do reencontro, Xue Wei perguntou:

– Digam-me uma coisa. Hoje, bem cedo da manhã, vocês não encarregaram nosso meirinho Zhang de comprar um peixe?

– Sim – eles responderam em coro.

Xue Wei voltou-se para o meirinho:

– Zhang, você não foi à casa de Zhao, o pescador? Ele tentou enganar você, dizendo que tinha apenas uns peixinhos de segunda, mas você descobriu uma bela carpa que ele tinha camuflado entre os juncos e saiu de lá com ela. Ao entrar, passou diante de um juiz que jogava uma partida de xadrez com um sargento. Depois viu Zhou e Lei no saguão, jogando dados. Pei também estava lá, e você contou para eles a mentira do pescador e eles ficaram com tanta raiva que prometeram esfolar vivo aquele cretino. Enfim, você entregou a carpa ao cozinheiro, que foi logo prepará-la. Não foi assim que as coisas aconteceram?

Eles se entreolharam e confirmaram o que tinham ouvido. Em seguida, perguntaram:

– Mas... como sabe?

– Eu sei, porque a carpa... era eu.

Eles então pediram que ele contasse tudo de novo, pois não tinham entendido.

– Quando fiquei doente – começou Xue Wei –, eu queimava de uma febre tão forte que sentia muito calor. Só tinha uma ideia: refrescar-me. No fim, não aguentando mais, peguei minha bengala e saí.

– Saiu?! Como, se não deixou a cama? – inqueriram incrédulos os amigos de Xue Wei.

– Pode ser que eu estivesse sonhando, não sei bem – continuou Xue Wei. – Depois de passar as muralhas da cidade, de repente me senti livre, livre como um pássaro fora da gaiola. E era maravilhoso, mas muito maravilhoso mesmo! Primeiro fui até as colinas, mas continuava com calor. Então desci para o Lago do Leste, que está ligado ao rio. Na margem, parei à sombra de um salgueiro. A água estava límpida e calma como um espelho. Nem mesmo uma marola, nenhum risco, onde o céu de outono se admirava. De repente, tive vontade de entrar dentro d'água. Deixei minhas roupas na margem e entrei.

Na minha juventude, sempre adorei água. Mais tarde, perdi o hábito de nadar. Coisa boa renovar esse prazer que sentia antes! Lembro-me de ter dito para mim mesmo: "Coitados do Lei e do Pei, que devem estar morrendo de calor no tribunal. Nadar é maravilhoso! Mas nadar tão rápido quanto um peixe deve ser melhor ainda".

Naquele momento, um peixe passou perto de mim e disse:

"Se esse é o seu desejo, nada mais fácil do que realizá-lo. Quer que eu providencie essa mudança?"

"Caso você torne o meu desejo realidade, ficarei imensamente agradecido. Meu nome é Xue Wei e sou o guarda-livros de Qing. Diga ao seu povo que quero apenas me divertir por algum tempo e gostaria que alguém me ensinasse a nadar. Não quero nada além de nadar, nadar e nadar!"

Pouco depois, na minha direção veio um homem com cabeça de peixe. Ele era enorme e estava nas costas de um outro peixe de quatro patas, conhecido como Chorão – vive na água, mas consegue subir numa árvore e, quando pescado, chora como criança. O homem com cabeça de peixe ainda era escoltado por outras doze espécies diferentes de peixe. Imediatamente ele começou a ler para mim um decreto do deus das fontes e dos rios:

> Viver com os pés no seco e nadar livre são dois modos de vida bem diferentes. As criaturas da terra firme nada sabem sobre ondas e correntezas – ou muito pouco, e somente os que gostam de água.
>
> Xue Wei manifestou seu desejo de nadar livremente. Retirado do reino infinito das águas, ele deseja voltar a ela. Renunciando à terra, ele renega o mundo mortal das ilusões.
>
> Nós vamos satisfazer seu desejo.
>
> Que ele se torne então – como experiência – uma criatura com escamas, uma carpa dourada do Lago do Leste, livre para viver dentro d'água. Mas atenção! Que ele não se bata contra os barcos, porque isso é um crime. E, acima de tudo, que ele não seja guloso, porque, se ele se esquecer de que sob a isca esconde-se um anzol, ele sofrerá mil mortes ao ar livre.

E logo meu corpo se cobriu de escamas. Felicidade! Coisa boa! Eu me jogo na água e nado onde quero, salto sobre a crista das vagas nas profundezas mais secretas, salto de ponta-cabeça e dou piruetas à vontade nos três rios e nos cinco lagos do reino...

Minha felicidade foi completa durante algum tempo. Todas as noites, como tinha recebido ordens, voltava tranquilamente para o Lago do Leste.

Finalmente, veio a fome. E eu não conseguia nada para comer. Então comecei a seguir um barco. De repente, vi Zhao, o pescador, jogar a linha na água.

Mmmm! A isca parecia bem gostosa. Mas eu não ia cair na armadilha e ser pego, não é mesmo? Pensei: "Vamos, você é um homem inteligente. Momentaneamente transformado em carpa, tudo bem. Mas não caia nessa armadilha grosseira".

Para não cair em tentação, distanciei-me da barca. Mas a fome me trouxe de volta. Eu me dizia: "Estou disfarçado de peixe, mas isso é apenas um jogo. Admitamos que o pescador me pegue, eu, uma pessoa respeitável. Ele certamente não vai me fazer mal. Vou lhe contar tudo o que aconteceu. Ele vai me reconhecer e logo me levará de volta à cidade".

Engulo a isca e, com ela, o anzol. Zhao me tira da água. Quando vejo sua mão se aproximar para me pegar, me contorço, grito para ele me soltar. Não adianta, pois ele não me escuta. Ele me passa um cordão nas guelras e me amarra nos juncos.

Pouco depois, Zhang chega para comprar peixe. Dos juncos, escuto a discussão.

"Só tenho uns bem pequenos", mente Zhao. "Em vez de um, leve vários."

"Ah, isso não. Pei me encomendou um dos grandes."

Nesse momento, o meirinho olha para os juncos, me vê e me retira de lá.

Eu recomeço a gritar:

"Zhang, sou eu, Xue Wei, o guarda-livros. Estou na forma de peixe e nadei pelas águas do reino, mas continuo sendo eu mesmo, seu chefe, e você deveria se inclinar diante de mim!"

Acha que ele me escutou? Que nada! Ele volta para a cidade, me balançando pelo caminho.

Quando eu passo na porta do recinto do tribunal, vejo o magistrado, os dois debruçados sobre o tabuleiro de xadrez. Uma vez mais, grito com todas as minhas forças. Eles apenas erguem a cabeça e sorriem ao me ver.

"Que belo peixe, hein!", diz um.

"Pesa três *jin* e meio, no mínimo!", diz outro.

No saguão, passamos por vocês três, que jogavam dados. E você, Pei, estava comendo um pêssego. Ficaram surpresos com o meu tamanho e deram parabéns ao Zhang pela compra. Ele contou como o pescador tentou no início me esconder, e Pei, furioso, falou em surrá-lo.

E eu, durante todo esse tempo, gritando a mais não poder, repetindo que sou eu, Xue Wei, colega de vocês. Nada feito. Vocês me levam até a sala e me entregam para o cozinheiro. Ele me joga sobre a tábua de cortar carne, pega uma faca. Eu choro e suplico sem parar:

"Wang, Wang. Não está me reconhecendo? Corra e diga para os outros que se trata de um engano".

Mas Wang age como se não ouvisse nada. Ele aperta minha nuca contra a tábua, levanta a mão e a faca...

Foi nesse momento que acordei e mandei chamar vocês três.

Todo mundo ficou estupefato. E todos tinham o coração apertado, com pena daquela carpa sem sorte.

No entanto, logo que eles a viram – o meirinho, ao descobri-la nos juncos; o juiz e o sargento, que a tinham visto passar; os três colegas, que a tinham enviado para a cozinha; o cozinheiro, encarregado de matá-la –, nenhum deles ouvira nem sentira nada diferente. Eles tinham visto apenas a boca do peixe se agitando em silêncio.

Os três senhores ficaram então sem o prato de carpa e, a partir dessa data, nunca mais comeram peixe. Xue Wei recobrou a saúde, tornou-se conselheiro pessoal do juiz e morreu de morte natural, muitos anos depois.

O tigre da montanha devorador de homens

Zhang Tu

Vivia outrora na aldeia de Guolue, na província de Longxi, um homem chamado Li Cheng, de origem aristocrática.

Quando era jovem, Li Cheng havia sido um estudante brilhante e era ótimo em redação. Aos vinte anos, foi reconhecido como literato em Longxi. Na primavera de 752, foi aprovado nos exames imperiais e iniciou uma carreira promissora na Administração Imperial. Alguns anos mais tarde, foi nomeado, contra a vontade, oficial de segurança da região Sul, às margens do rio Yangzi.

Li Cheng detestava essa função. Achava que era um posto indigno dele. A amargura fazia com que ele fosse arrogante, e algumas vezes ele dizia aos seus companheiros:

– Mas o que faço aqui, eu, tão inteligente, junto de ignorantes como vocês?

Ninguém, é claro, gostava dele.

Depois de algum tempo, Li Cheng pediu demissão desse posto que detestava e voltou para a sua terra natal. Passou a viver sozinho em casa, como um recluso, durante quase um ano. Depois disso, pela necessidade de ganhar a vida, arrumou suas coisas e partiu para a região Sudeste em busca de um posto. Como gozava de boa fama como administrador, foi muito estimado e cercou-se de pessoas que admiravam sua erudição e sua inteligência. Um ano ou dois mais tarde, no momento de voltar à sua terra natal, os amigos que ele tinha feito no lugar o cobriram de presentes.

No caminho de volta, Li Cheng parou em uma estalagem situada ao pé de uma montanha. Lá foi acometido de uma febre súbita e começou a falar coisas sem sentido. Tomado por terríveis acessos de raiva, tornava a vida de seu ajudante um inferno, agredindo-o a todo instante. Depois de dez dias, Li Cheng piorou e desapareceu gritando noite adentro.

Ninguém soube para onde tinha ido. Seu ajudante procurou-o durante algum tempo e então ficou por ali, esperando. Depois de um mês, como Li não tivesse voltado, o ajudante sumiu com o cavalo do amo e com tudo o que ele possuía.

No ano seguinte, um homem chamado Yuan Can estava passando pela região, a caminho de uma missão imperial no Sul. Ele ia a cavalo, escoltado por uma tropa suntuosa. Certa manhã, quando se preparava para pegar a estrada depois de uma noite numa estalagem, o dono da hospedaria lhe disse:

– Não parta assim tão cedo! Na estrada, não longe daqui, esconde-se um tigre muito feroz, que devora quem dele se aproxima. Ninguém se aventura, a não ser durante o dia. Ainda está meio escuro. Espere só mais um pouco.

– Mas eu represento o imperador! – impacientou-se Yuan Can. – Somos muitos, temos cavalos, não vai ser um animal da montanha que vai nos amedrontar.

E deu o sinal de partida.

Logo que a estalagem desapareceu de vista, um tigre saiu de seu esconderijo, urrando. Yuan Can deu um grito de terror. Então, para sua surpresa, viu o tigre dar meia-volta e desaparecer novamente no mato. E logo uma voz se ouviu de uma touceira:

– Incrível! Quase matei meu velho amigo.

E Yuan Can reconheceu a voz. Era Li Cheng, amigo de infância e de juventude, que ele não via há muito tempo. Adolescentes, depois moços, eles tinham estudado juntos e estiveram ligados por uma forte amizade, até que a vida os separou.

Yuan Can não estava compreendendo nada. Primeiro, o tigre, e depois essa voz...

Ele perguntou:

– Quem é? É o meu amigo Li Cheng, de Longxi?

– Sim, sou eu, Li Cheng, seu amigo. Por favor, espere um pouco para que possamos aparecer um para o outro.

Yuan Can desceu do cavalo e foi na direção da touceira de bambu.

– Meu amigo Li Cheng, há quanto tempo! O que aconteceu?

– E você? – respondeu a voz. – Desde que nossos caminhos tomaram direções diferentes, há tantos anos já passados, não tenho notícias suas. O que aconteceu nesse tempo todo? Aonde vai você nesse momento mesmo? Há pouco, vi passar dois cavaleiros imponentes, precedidos por um carregador com roupas imperiais. Me diga uma coisa, você é o corregedor do imperador em missão oficial?

– Sim, tive a honra de ter sido nomeado corregedor. Neste exato momento, estou a caminho de Cantão.

– Você é digno dessa função, com certeza – retomou a voz. – Você tem um espírito refinado e tinha, lembro-me bem, a integridade absoluta necessária a todo corregedor a fim de assumir a nobre tarefa de assegurar a honestidade dos representantes do imperador! Sim, nosso imperador escolheu bem ao nomeá-lo para este posto. Estou feliz com isso, do fundo do coração. Minhas felicitações!

Yuan Can respondeu:

– Completamos nossos estudos lado a lado. Rivais e amigos inseparáveis, lembra-se? Obtivemos juntos os diplomas, iguais no êxito. Depois o tempo passou muito depressa, não tivemos mais nenhuma oportunidade de nos ver nem de nos falar. No entanto, que alegria poder compartilhar com você aqueles bons momentos da juventude. E que surpresa, hoje, evocar assim uma amizade tão antiga! Mas por que se esconde, em vez de vir aqui? É assim que se recebe um velho amigo?

– Eu não sou mais um ser humano – respondeu a voz do outro lado dos bambus. – Sou um tigre. Como ousaria aparecer diante de um amigo?

Yuan Can ficou sem voz durante algum tempo. Depois perguntou, tremendo:

– Mas... como isso pode ter acontecido?

– Foi no ano passado – respondeu o tigre. – Eu vinha do Sudeste, para voltar à nossa província. Uma noite, parei em uma estalagem ao pé da montanha. Do dia para noite, caí doente e enlouqueci. Corri para a montanha em delírio e bem depressa me descobri andando sobre quatro patas. Senti que meu coração ficou feroz, minhas forças foram multiplicadas por dez. Meu corpo cobriu-se de pelo e, diante dos viajantes na estrada, dos agricultores nos campos, dos pássaros ou de outros animais, tinha apenas um desejo: o de me jogar sobre eles e devorá-los. Um dia, a fome foi mais forte do que eu. Um homem passava por lá, eu o ataquei, o despedacei e o devorei sem deixar nada para trás. Desde então, é assim que vivo. No entanto, apesar de minha arrogância passada – sim, eu era arrogante, bem sei –, sonho ainda muitas vezes com as pessoas de quem gosto e com os meus amigos de antigamente. Porém, violei a mais sagrada das proibições. E aqui estou, transformado numa fera. Como poderia aparecer diante das pessoas de quem mais gosto? É certo que você e eu estudamos juntos e éramos muito próximos um do outro. E agora, o que somos hoje? Você, com um cargo imperial, enche de orgulho os seus familiares e amigos, enquanto eu, escondido no bosque e longe do mundo dos homens, vivo em dificuldades. Pulo e suspiro para o céu. Baixo a cabeça e choro calado. Perdido, estou perdido para prestar qualquer serviço aos outros.

Nesse momento, o tigre ficou em silêncio e começou a soluçar baixinho.

– Se você é um tigre – disse Yuan Can –, como consegue falar com uma voz humana?

– Só meu aspecto mudou – respondeu o tigre. – Tenho ainda coração de gente, inteligência humana. Mas sou bruto e impulsivo, provocando temores e ódios, incapaz de observar as regras de amizade e de hospitalidade. Eu suplico, não me

esqueça e perdoe o que fiz. Mas se nossos caminhos se cruzarem de novo, pois logo você vai passar por aqui na volta de Cantão, tenho medo de esquecer nossa antiga amizade e... Cuidado, então! Não me deixe cometer um crime que me faria ainda mais desprezível!

O tigre deu um longo suspiro e acrescentou:

– E pensar que éramos tão próximos! Posso fazer um pedido?

– Como eu poderia recusar algo a um velho amigo? – respondeu Yuan Can. – O que é? Farei o impossível.

– Obrigado – disse o tigre. – Sem essa resposta, não poderia lhe pedir nada. Depois que enlouqueci na estalagem e depois que desapareci nas montanhas, meu criado partiu com meu cavalo e tudo o que eu tinha. Minha família ainda deve morar na mesma aldeia, e certamente eles se perguntam o que deve ter acontecido comigo. Quando voltar do Sul, pode anunciar a eles que eu morri? Não lhes diga mais nada, nada do que ouviu hoje. Serei eternamente grato se você fizer isso.

Yuan Can assegurou que cumpriria essa missão. O tigre suspirou outra vez.

– Não tenho mais nada neste mundo. E meu filho é ainda pequeno para ganhar a vida. Você exerce uma função muito importante. Foi sempre um modelo de integridade e de lealdade para com os amigos. Nossa amizade era única. Se puder cuidar de tempos em tempos do meu filho, para que ele não se torne um mendigo, agradeço muito, pois isso pelo menos deixaria minha alma em paz.

Ao dizer isso, o tigre calou-se e começou a chorar. Yuan Can disse para ele, chorando também:

– Assim como partilhávamos as alegrias,

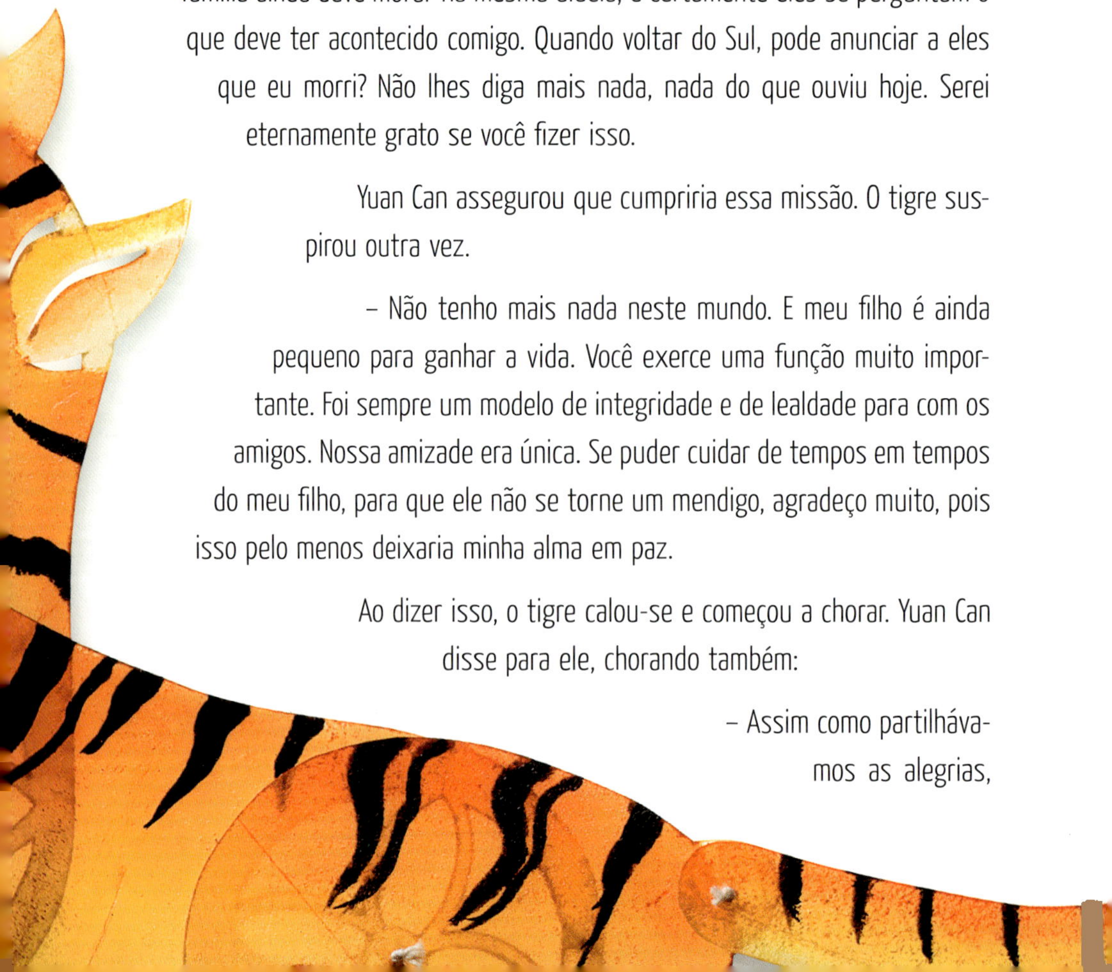

agora partilhamos nossas penas. Seu filho agora é meu filho. Farei o possível para ser digno da responsabilidade que me confia. Não se preocupe com o futuro dele.

– No passado – retomou a palavra o tigre –, escrevi alguns textos que nunca foram publicados, e os rascunhos deles estão dispersos ou perdidos. Eu gostaria de ditá-los a você. Poderia copiá-los? Mesmo que não sejam publicados, pode ser que essas pequenas reflexões possam ser úteis aos meus descendentes.

Yuan Can pediu ao seu ajudante que lhe trouxesse papel e um pincel de caligrafia para escrever o que o tigre estava lhe ditando. Ao todo, foram vinte capítulos breves. O estilo era fluente; o sentido, profundo. Em muitas ocasiões, Yuan Can suspirava ao reler o que escrevia.

– Essas palavras vão dizer às pessoas da minha família o que eu tentei fazer – concluiu o tigre – e o homem que eu tentei ser. Nada me autoriza a esperar que minhas palavras façam sentido para as futuras gerações, mas obrigado por tê-las posto no papel. E agora, siga sua missão, já o atrasei muito. Vá depressa, porque sua escolta já deve estar impaciente. Agora nossos caminhos se separam. Não quero mais falar sobre a dor que estou sentindo.

Dando um triste adeus, Yuan Can voltou para a estrada rumo a Cantão. Seu primeiro cuidado, ao voltar, foi fazer com que a mensagem chegasse ao filho de Li Cheng; enviou também um pouco de dinheiro para os funerais de seu pai. Um mês mais tarde, o adolescente foi à capital e bateu à porta de Yuan Can para reclamar os restos mortais do pai. O corregedor ficou sem saída: ele revelou tudo ao filho de seu amigo. Em seguida, passou a tirar de seu salário uma quantia mensal para que o filho de seu amigo e a viúva de Li Cheng não enfrentassem dificuldades. Mais tarde, ele se tornou vice-ministro da Guerra.

A história da lua

Anônimo*

Changxi, esposa do deus celestial, depois de esperar doze meses, deu à luz doze luas idênticas, cada qual com um rosto redondo, muito branco e brilhante, de onde saía uma luz prateada que iluminava a escuridão da noite. A deusa adorava-as mais do que tudo e as fazia tomar banho para que mantivessem suas peles alvas.

Um dia, as doze irmãs saíram para passear pela Terra e foram logo seduzidas por uma beleza jamais vista: a vastidão das pastagens e das florestas, a imensidão dos rios e dos mares, as imensas montanhas, a exuberância das flores e o canto dos pássaros. Elas nunca tinham visto nada parecido no céu. Estavam se

*Extraído de *Shan'haijing, o Livro da Natureza.*

divertindo muito, quando um de seus irmãos, o sol, encerrava a sua tarefa diária e pousava no horizonte.

Lentamente a escuridão caiu sobre a Terra, e elas perceberam como a Terra torna-se apavorante devido à falta de luz e ficaram com muita pena dos humanos por viverem no escuro.

Depois de discutirem, chegaram a uma conclusão: poderiam continuar a iluminar a noite com a luz que irradiavam. E decidiram se revezar como os seus irmãos sóis, iluminando a noite, para que os humanos não sentissem medo do escuro.

Sua mãe, Changxi, apreciou muito o que elas tinham feito. A deusa escolheu um mês para cada uma das doze filhas, durando, ao todo, um ano. Cada vez que a escuridão cobria a Terra, subiam devagar para o céu e se recolhiam no oeste.

A partir daí, a noite iluminou-se. Os homens e as mulheres ficaram muito contentes, porque passaram a descansar e conversar sob o luar, e as crianças brincavam mais tempo do que antes. O luar trouxe a inspiração aos poetas, que compuseram lindos poemas, conhecidos até hoje.

A deusa Changxi foi morar com suas filhas e, depois de banhá-las, sempre as acompanhava na jornada sobre a Terra. Como as luas são muito vaidosas e tímidas, todas as noites vestem-se de forma diferente. E, por serem mulheres, não aparecem no céu em alguns dias do mês. Finalmente, evitando atrapalhar o sistema de escala, elas não se substituem umas às outras, ocasionando noites sem luar.

A origem do bicho-da-seda

Gan Bao

Há muito tempo, um homem partiu para uma longa viagem e deixou a filha em casa, cuidando de um cavalo. Ela estava tão sozinha e sentia tantas saudades do pai que disse para o cavalo, brincando:

– Se trouxer meu pai de volta, eu me caso com você!

Imediatamente o cavalo empinou, arrebentando as rédeas, e partiu a galope até onde estava o pai da menina. Surpreso e contente, o homem montou e o cavalo relinchou com tristeza, olhando na direção de onde o bicho tinha vindo.

– Deve existir alguma razão para isso – pensou o homem. – Será que aconteceu alguma coisa em casa?

Voltou imediatamente. E como o animal tinha mostrado muita inteligência, tratou-o bem, dando-lhe comida extra. Mas o animal não queria comer e, toda vez que a moça passava, ele empinava de excitamento – e isso aconteceu em diversas ocasiões.

O pai, confuso, quis saber o que tinha acontecido, e a filha contou-lhe da promessa que fizera, da brincadeira que tinha feito.

– Não acredito! – exclamou ele. – Você não poderia ter brincado assim, pois pode significar a desonra de nossa família. Acho melhor sair de casa por uns tempos.

Ele então matou o cavalo e pendurou a carcaça num gancho no fundo do pátio.

Quando o homem saiu novamente para viajar, a moça e a filha do vizinho puseram-se a brincar perto do cavalo. A moça deu um chute nele e disse:

– Seu bestalhão! Como pôde acreditar que eu me casaria com você? Morto e estendido, bem que mereceu essa sorte!

Enquanto ela falava, o cavalo empinou, envolvendo-a com a carcaça, e partiu a galope. A filha da vizinha ficou muito assustada e não teve coragem de salvá-la. Correu para contar ao pai. Quando ele voltou e procurou pelos dois, tinham desaparecido, mas alguns dias depois foram encontrados no galho de uma grande árvore.

A moça e o cavalo tinham se transformado em bicho-da-seda, fiando fios de seda na árvore – e formando um casulo grande e espesso, de um tipo nunca visto antes. As mulheres da vizinhança usaram os casulos: fiaram tecidos finos e lucraram muito com esses casulos incomuns.

As árvores onde esses casulos apareceram passaram a se chamar *sang* ou amoreira, que significa "perda". Desde então, todo mundo as cultiva para alimentar os bicho-da-seda.

Nüwa,
a deusa criadora dos homens

Anônimo*

Diz a lenda que a deusa do céu, Hua Xu, deu à luz gêmeos. O bebê de sexo masculino foi chamado de Fu Xi, e o de sexo feminino, Nüwa. O corpo de Fu Xi era coberto de escamas, enquanto Nüwa tinha cabeça de mulher e corpo de serpente. A deusa tinha um imenso poder, pois era capaz de mudar de forma mais de setenta vezes por dia.

Há pouco tempo, tinha ocorrido a separação entre o céu e a Terra, e não existiam ainda seres humanos. Nüwa pegou então um punhado de lama e moldou

*Extraído de *Shan'haijing, o Livro da Natureza.*

várias crianças, à sua imagem e semelhança. Algum tempo depois, ela se cansou. Pegou então uma corda e a emplastou de lama. Balançou-a, em seguida, no céu. Os pingos de lama que caíram sobre a terra transformaram-se também em seres humanos.

A partir desse momento, passaram a existir na Terra diferentes classes sociais: os ricos, moldados pela própria Nüwa, e os pobres, feitos com os pingos de lama.

No noroeste da China, existe uma montanha chamada Imperfeita, que ganhou esse nome devido à fúria de Gonggong, o deus das águas, ao ser derrotado na guerra pelo Imperador Huang. Impetuosamente, ele se jogou contra a montanha, um dos pilares de sustentação do céu. A montanha desmoronou e arrebentou a corda que segurava a Terra. Logo, o céu se inclinou na direção noroeste, e

a Terra afundou na direção sudeste, fazendo com que o sol e a lua nascessem no leste e se pusessem no oeste. Igualmente, os cursos dos rios foram desviados para o mar oriental, provocando uma grande inundação. Da grande fenda do céu, jorrou também água sem parar, provocando muitas mortes. Nüwa, vendo os seus filhos em tamanho apuro, sentiu um aperto no coração e decidiu salvá-los.

Ela colheu pedras multicoloridas do fundo dos rios, acendeu o fogo e fundiu as pedras até que se tornassem uma substância grudenta, como cola, e a utilizou para remendar a fenda do céu. Como temesse que o céu despencasse outra vez, cortou as quatro patas de uma tartaruga marinha gigante para que servissem de pilares nos quatro cantos da Terra. Assim, o céu seria como um tecido cobrindo a Terra. O resultado de tudo isso foi que os seres humanos nunca mais precisaram ficar preocupados, com medo de que o céu tombasse sobre suas cabeças.

Porém, o fato de o céu ter despencado provocou outras catástrofes. Na região de Ji, um dragão negro revolveu-se no rio a fim de provocar inundações. Nüwa matou-o, aproveitando para dispersar as feras que ali existiam para bem longe dos humanos.

Ela tinha ainda muita coisa pela frente, pois as inundações haviam trazido muitas doenças. Nüwa queimou os juncos, reduzindo-os a cinza, e formou barragens para conter as águas. Apareceram, assim, os continentes, e neles os seres humanos construíram suas casas.

Depois de todo esse trabalho, a paz voltou e a Terra prosperou, mas Nüwa, muito cansada, foi se deitar. Seu corpo desintegrou-se, transformando-se em muitos fragmentos, entre eles, dez deuses que guardam a inteligência e a genialidade.

Kuafu persegue o sol

Anônimo*

Contam que, na Antiguidade, a tribo Kuafu vivia no alto de uma montanha, situada numa planície no centro-norte da China. Os guerreiros eram gigantes, muito fortes, e de suas orelhas pendiam duas longas serpentes amarelas. Eles tinham mais uma serpente em cada mão. Apesar de despertarem pavor, tinham bom coração e temperamento doce.

Um dia, um deles, com um ar meio sonso, teve uma estranha ideia depois de ter avistado o sol se pondo a oeste e sentido uma raiva muito grande da escuridão e da falta de luz. Ele pensou: "Se o sol se puser, anoitecerá. Eu não gosto da noite. Vou pegar o sol e segurá-lo para que a luz permaneça aqui

*Extraído de *Shan'haijing, o Livro da Natureza.*

por toda a eternidade". Pôs-se então a correr, a passos largos, para impedir que o sol caísse no poente.

As pernas de Kuafu eram muito longas, e ele ia rápido, como se fosse uma rajada de vento. Em segundos, percorreu milhares de quilômetros e perseguiu o sol até o vale Yu, onde se abrigava o sol durante a noite. Ele viu aquela bola de fogo incandescente diante de seus olhos e esticou os braços para pegá-la. Porém, nesse momento, sentiu uma sede muito grande e um imenso cansaço, que o impediu de dar o último passo. O esforço, muito além de suas forças, fez com que ele abandonasse momentaneamente a perseguição ao sol. Baixou então o corpo para matar a sede, bebendo de um gole só toda a água do rio Amarelo e do rio Wei.

Acontece que nem assim Kuafu conseguiu matar a sede e teve de correr em direção ao pântano do norte em busca de mais água. Também conhecido como Hanhai, o pântano poderia matar a sede de Kuafu, pois tinha bastante água, mas infelizmente Kuafu caiu e morreu de sede antes de beber. A sua queda foi seguida de um estrondo gigantesco como um trovão que estremeceu a Terra inteira. Deitado no chão, Kuafu parecia uma enorme montanha.

Os últimos raios de sol iluminavam o rosto de Kuafu, que lamentou não ter conseguido realizar o que havia planejado. Deu um longo suspiro, largando o cajado, e fechou os olhos para sempre. Seu corpo é hoje a montanha Kuafu, e de seu cajado nasceu uma imensa floresta de pessegueiros, repleta de frutos cheirosos e suculentos, que saciam a sede de quem luta para atingir um objetivo, sem nunca desistir.

Os galanteios de Lü Dongbin para Peônia

Anônimo*

Conta uma lenda antiga que, certo dia, o imortal Lü Dongbin veio à Terra e chegou a uma montanha bela e luxuriante, chamada Tongbo. Ele se viu então no meio de um forte terremoto. As casas ruíam, e a montanha ameaçava desmoronar. Lü Dongbin descobriu que o terremoto era causado por um gigantesco e diabólico tatu.

*Extraído de ópera chinesa homônima, da dinastia Yuan.

Furioso, Lü Dongbin reuniu os deuses do lugar para juntos capturarem o tatu, única forma de salvar a população. Porém, os deuses locais recusaram-se a cooperar, dizendo que os poderes do tatu eram superiores aos deles, pois o tatu havia treinado durante cinco mil anos, e nenhum deus ou humano conseguiria enfrentá-lo. Lü Dongbin foi finalmente aconselhado a entrar em contato com o Palácio Celestial, de onde seriam despachados guerreiros para enfrentar o tatu.

Lü Dongbin disse:

– Não é necessário mobilizar os céus para enfrentar esse tatu diabólico! Eu vou enfrentá-lo!

Os deuses locais, incertos sobre a capacidade do imortal Lü Dongbin, despediram-se às pressas.

Depois que as divindades se afastaram, Lü Dongbin pensou: "Os poderes deste tatu são fantásticos! Como poderei enfrentá-lo sozinho? E fui eu que criei toda essa situação ao dizer que o enfrentaria. Se agora não aniquilar esse tatu diabólico, serei motivo de zombaria".

A estrela Vênus, que assistia a tudo de longe, disse a Lü Dongbin:

– Se quiser derrotar o tatu diabólico, terá de utilizar o grampo sagrado que a Rainha Celestial usa nos cabelos. Esse é o único jeito de acabar com o tatu.

Depois de refletir durante alguns instantes, Lü Dongbin disse:

– Mas é impossível conseguir esse grampo emprestado. Ele é o enfeite de que a Rainha Celestial mais gosta.

Vênus respondeu:

– Não é tão difícil como imagina. Existe uma dama de companhia, a fada Peônia, que está há muito tempo pensando em descer à Terra. Se você tocar o coração dela, ela conseguirá o grampo para você.

No dia seguinte, era realizada a festa do pêssego imortal no Palácio Celestial do Ocidente, e todos os deuses, imortais e divindades menores, estavam convidados. Lü Dongbin, acompanhado de Vênus, subiu numa nuvem e foi prestigiar o evento.

***

A festa estava muito animada. Todos os deuses e divindades divertiam-se muito. Cantavam e dançavam, e também havia comida e bebida à vontade. A Rainha Celestial pediu que a fada Peônia acompanhasse os convivas, não deixando que faltasse nada. E, quando a fada Peônia ofereceu uma taça de vinho a Lü Dongbin, ele apertou levemente a mão dela. A fada ruborizou-se, e seu coração palpitou mais forte. Ela abaixou a cabeça, afastando-se às pressas.

Pouco depois, a Rainha Celestial mandou que a fada Peônia servisse um pêssego imortal aos deuses e divindades presentes. Quando chegou a vez de servir Lü Dongbin, a fada titubeou. Vênus tocou Lü Dongbin com a ponta dos pés, e, quando ele avançou a mão para pegar um pêssego, tocou novamente nas mãos da fada Peônia. Ela sentiu que perdia as forças, e seu rosto ficou da mesma cor aveludada do pêssego. Envergonhada, baixou novamente a cabeça e saiu pela porta lateral até a beira do lago.

Lü Dongbin foi atrás da fada Peônia. Encontrou-a, pensativa, observando as peônias abertas na beira do lago. Lü Dongbin sussurrou ao seu ouvido:

– Está apreciando as flores, fada Peônia?

Ao ver que se tratava de Lü Dongbin, a fada cobriu o rosto com a manga da túnica e perguntou:

– Ainda não sabe que existem regras aqui no céu?

– Eu não só conheço as regras celestiais, como sei quais são os desejos que você está sentindo.

A fada Peônia balançou a cabeça. Lü Dongbin prosseguiu, perguntando:

– Você admira o mundo terreno, não é mesmo?

A fada Peônia ficou em silêncio. Lü Dongbin encheu-se de emoção:

– O mundo terreno é maravilhoso. Está cheio de lindas montanhas e de águas cristalinas. Os pássaros cantam e as flores recendem perfumes. Eu já viajei por todos os cantos da Terra, vi magníficas montanhas e florestas, como as de Suzhou, Hangzhou, do monte Tai. Vi também as peônias de Caozhou. São lugares de beleza indescritível, dez vezes mais lindos do que o céu.

A fada Peônia levantou a cabeça e perguntou:

– Verdade?

Lü Dongbin apontou para um ponto qualquer da Terra e disse:

– Olhe lá, fada Peônia, um jovem casal semeando o campo. E, mais ao longe, um casal apreciando a beleza das flores... – Ao falar, Lu Dongbin percebeu que a fada estava emocionada. Por isso, prosseguiu: – Você tem de conhecer a vida lá embaixo. Vai se divertir muito. Não sabe o que está perdendo!

A fada estremeceu. E perguntou:

– Descer ao mundo terreno é muito difícil. O céu tem leis severas. Acha que eu posso sair daqui quando quero?

Lü Dongbin respondeu, sorrindo:

– Fada Peônia, caso seja esse o seu desejo, eu posso ser de alguma ajuda.

– Verdade? – perguntou a fada com entusiasmo.

– Verdade. Mas também preciso que me ajude.

– Como? – indagou a fada.

– Traga para mim o grampo sagrado da Rainha Celestial. É por pouco tempo.

– O grampo de ouro é o enfeite preferido da Rainha. É impossível consegui-lo emprestado – respondeu a fada, desconcertada.

Lü Dongbin achegou-se um pouco mais e disse:

– Olhe lá – e apontou para os lados da montanha Tongbo.

A fada viu, por entre as nuvens, as casas destruídas, homens e mulheres aos prantos. A imagem era terrível!

A fada exclamou:

– Que triste! – e fechou os olhos, virando a cabeça.

Lü Dongbin disse:

– A região de Tongbo tinha uma paisagem maravilhosa e era muito próspera. Mas, desde que o tatu diabólico apareceu, tudo virou tragédia. Eu preciso pegar emprestado o grampo de ouro da Rainha para acabar com esse monstro.

– Eu adoraria ajudar, mas... – hesitou a fada.

Lü Dongbin, ao perceber que a fada queria ajudá-lo, explicou-lhe o plano que tinha em mente, ou seja, substituir o grampo da Rainha Celestial por outro:

– Por pouco tempo... ela nem vai se dar conta.

Na manhã seguinte, depois do banho da Rainha Celestial, a fada Peônia prendeu os cabelos dela com o falso grampo e escondeu o outro na manga da túnica. Depois dos serviços da toalete, levou o grampo sagrado para Lü Dongbin.

De posse do grampo, Lü Dongbin voltou à montanha Tongbo e, com a ajuda do grampo mágico, capturou o tatu e deu-lhe um castigo. Depois, voltou ao Palácio Celestial acompanhado de Vênus. A Rainha Celestial ficou muito surpresa com o que Lü Dongbin lhe contava, mas ele pediu que a fada Peônia fosse perdoada.

A Rainha Celestial sentiu ao mesmo tempo alegria, surpresa e fúria. Por um lado, o grampo sagrado que ela usava tinha salvado a humanidade. Por outro, a dama de companhia havia cometido uma falta gravíssima por ter desrespeitado a sua autoridade e as regras celestiais. Ela sentenciou:

– Levarei em conta a apelação dos dois digníssimos imortais e não condenarei à morte a fada Peônia, mas ela será expulsa do céu.

***

Logo a região de Tongbo voltou à sua vida tranquila. Ao mesmo tempo, a fada Peônia realizou o seu desejo, pois, expulsa do céu, foi viver na Terra. Ficou feliz com o que tinha acontecido, pois todo ano a peônia, uma das flores mais belas do mundo, desabrocha sobre a Terra.

Vende-se um fantasma

Cao Pi

Certa noite, quando era jovem, Song Dingbo, de Nayang, encontrou um fantasma na estrada.

– Quem é você? – perguntou Song.

– Um fantasma, e você?

– Também um fantasma – mentiu Song.

– E aonde vai?

– Ao mercado de Yuan.

– Eu também.

Eles andaram juntos durante alguns quilômetros. O fantasma então sugeriu:

– Estamos indo muito devagar. Melhor um carregar o outro. Você me carrega um pouco, e eu carrego você outro pouco. Assim vamos mais depressa.

– Boa ideia!

Primeiro o fantasma carregou Song por alguns quilômetros.

– Como você é pesado! É mesmo um fantasma? – perguntou o fantasma.

– Sou fantasma há pouco tempo, por isso sou pesado.

Então chegou a vez de Song carregar o fantasma, que não tinha peso nenhum. Não disse nada, e os dois prosseguiram, um carregando o outro.

– É que eu morri recentemente – disse Song depois de um tempo. – Não sei o que nós, as assombrações, devemos mais temer.

– Do que temos mais medo é de cuspe de gente.

Eles continuaram conversando até chegar diante de um córrego. Song convidou o fantasma para passar primeiro. Na sua vez, Song chapinhou a água.

– Como consegue fazer esse barulho? – quis saber o fantasma.

– Já disse, sou fantasma novo. Não estou acostumado a atravessar a água. Me desculpe!

Chegando perto do mercado de Yuan, Song pôs o fantasma nos ombros e começou a andar mais depressa. Gritando, o fantasma pediu que ele o pusesse no chão, mas Song fingiu que não escutava, indo direto para o mercado. Quando tirou o fantasma dos ombros, ele tinha se transformado numa ovelha. Song vendeu a ovelha bem depressa, cuspindo primeiro, para impedir que ela voltasse à antiga forma. Então deixou o mercado, levando quase mil e quinhentas moedas.

A pele

Pu Songling

Certa vez, Wang Sheng, um letrado de Taiyuan, saiu de casa pela manhã e encontrou no caminho uma moça, que estava sozinha e caminhava com dificuldade, por causa da grande quantidade de bagagens. Wang Sheng apressou o passo para alcançá-la e logo descobriu que era uma moça linda, de dezesseis ou dezessete anos. Perguntou:

– O que uma moça faz sozinha na estrada tão cedo da manhã?

– Nada de mais. Agradeço a sua preocupação, mas não tem como me ajudar a me livrar de minha aflição – respondeu a moça.

– Qual é a sua aflição? Eu faria tudo para ajudar você!

A moça comentou desanimada:

– Meus pais são muito gananciosos e me venderam como concubina. Na família que me comprou, a primeira esposa nunca me aceitou, morrendo de ciúme de mim. Ela vivia me humilhando e me batia sempre. Eu não aguentei e fugi.

Wang Sheng perguntou:

– Para onde vai agora?

– O destino de um fugitivo é incerto – respondeu a moça.

– A minha casa é perto daqui, e você poderia passar alguns dias lá – sugeriu Wang Sheng com cobiça.

A moça ficou muito contente e aceitou o convite. Wang Sheng foi na frente, ajudando-a a carregar as bagagens, e ela, um pouco atrás. Ao chegar à casa, a moça reparou que não havia ninguém e perguntou:

– Você mora sozinho?

– Vou acomodá-la na sala de estudos – desconversou Wang Sheng.

– Que belo lugar – exclamou a moça. E pediu: – Se você realmente tem pena de mim, por favor, não conte nada a ninguém.

Wang Sheng cumpriu a promessa e, por vários dias, ninguém percebeu nada. Até que ele falou sobre o ocorrido para a esposa. Logo, perguntando aqui e ali, Chen, a esposa de Wang Sheng, descobriu que a moça havia sido comprada como concubina por uma família muito rica e que, por isso mesmo, tinha poderes sobre a fugitiva. Melhor desfazer-se dela o quanto antes para evitar futuros problemas! Mas Wang Sheng não concordou.

Tempos depois, ele encontrou por acaso, na feira, um monge taoísta, que ficou surpreso ao vê-lo e quis saber se havia acontecido alguma coisa fora do comum.

– Não, é claro que não – disse Wang Sheng.

O monge disse:

– Seu corpo está tomado por uma energia negativa. E vem me dizer que nada de estranho aconteceu? – E comentou, afastando-se: – Abra os olhos, porque a morte está a rondar!

Mesmo que Wang Sheng não quisesse acreditar no que disse o monge, um sentimento de desconfiança em relação à moça apoderou-se dele. Tentou ponderar que uma linda mulher nunca poderia ser uma assombração. E preferiu acreditar que o monge estava era tentando tirar dinheiro dele.

Pouco depois, já em casa, foi à sala de estudos procurar a moça, mas a porta externa estava trancada por dentro. Pulou o muro ao lado e percebeu que a porta interna também estava trancada. Wang Sheng caminhou lentamente até a janela e viu uma assombração esverdeada, com os dentes tão afiados quanto os de uma serra, retocando com um pincel a pele da moça estendida sobre a cama. Pouco depois, ela largou o pincel, ergueu a pele humana e a vestiu como se fosse roupa. E, pronto, a assombração tinha se transformado de novo numa linda moça.

Ao assistir a essa cena, Wang Sheng ficou apavorado e saiu dali arrastando-se como se fosse uma lagartixa. Ele foi atrás do monge em busca de socorro, mas só conseguiu encontrá-lo num templo na periferia da cidade. Quando o viu, ajoelhou-se, implorando ajuda. O monge falou:

– Permita-me expulsar esta assombração da sua casa. Eu até tenho pena do espírito maligno, porque, pelo jeito, ele encontrou há bem pouco tempo a pele em que se incorpora.

E entregou a Wang Sheng o seu moscadeiro, que além de espantar moscas, servia também para fazer mágica, com a recomendação de pendurá-lo sobre a porta da sala de estudos e de se encontrar com ele no dia seguinte no templo.

Ao chegar em casa, Wang Sheng não teve coragem de se aproximar daquela peça e pendurou o moscadeiro do monge taoísta sobre a porta do seu quarto. Perto das onze, ouviu-se um ranger de dentes do lado de fora do quarto onde estava, e como Wang Sheng não tinha coragem de ver o que era, mandou a esposa espiar. Ela viu que a moça vinha na direção do quarto, mas a moça parou, apavorada, ao descobrir o moscadeiro, e ficou ali parada por um longo tempo, rangendo os dentes de raiva. Instantes depois, retornou, vociferando:

– O monge quer me espantar, mas não terá como me obrigar a botar para fora o que eu engolir!

Destruiu o moscadeiro e deu um empurrão na porta, indo diretamente para a cama, onde se encontrava Wang Sheng, e logo em seguida lhe arrancou o coração do peito. A esposa de Wang verteu lágrimas de desespero, mas não tinha coragem de emitir um som sequer. Pouco depois, a criada chegou com uma vela e percebeu que Wang já estava morto numa poça de sangue. Na manhã seguinte, Chen chamou o irmão de Wang Sheng e pediu que contasse ao monge tudo o que tinha acontecido.

Após ouvir o relato, o monge disse:

– Eu tive pena desse demônio, bem que eu avisei, agora ele vai se ver comigo!

E seguiu o irmão de Wang Sheng até a casa deste. A moça tinha desaparecido, não deixando rastro algum. O monge olhou ao redor e disse:

– O demônio ainda está por aqui! – E perguntou: – De quem é a casa do lado sul do pátio?

– É a minha casa – respondeu o irmão de Wang Sheng.

– Ele está na sua casa – avisou o monge.

O irmão de Wang Sheng ficou muito assustado, não acreditava que tinha um demônio em sua casa. Então, o monge perguntou:

– Apareceu alguém desconhecido?

– Realmente não sei, porque saí bem cedo para ir ao templo. Vou perguntar lá em casa. – Alguns instantes depois, voltou e contou: – De fato, apareceu uma pessoa lá em casa pela manhã. Uma velha bateu na nossa porta se oferecendo como criada, e a minha esposa a acolheu. Ela ainda está lá!

O monge disse:

– Esse é o demônio.

E saíram os dois em direção à casa. O monge muniu-se com uma espada de madeira, parou no meio do pátio e gritou:

– Maldito! Pague pela destruição do meu moscadeiro!

A velha apavorou-se e tentou fugir, mas o monge impediu a sua passagem, dando-lhe uma paulada nas costas. Ela caiu. Logo o demônio desprendeu-se da pele humana e, de quatro, urrava feito um porco. O monge levantou a espada de madeira e cortou a cabeça do demônio. Imediatamente, ele virou fumaça e foi subindo ao céu em espiral. O monge abriu a tampa de um porongo, e o espírito maligno foi sugado para dentro dele. Fechou bem o porongo e o guardou na sua capanga. Todos os olhares voltaram-se para a pele humana, com membros e inclusive sobrancelhas perfeitas. O monge enrolou-a como se fosse um papiro de seda e também a recolheu na sua bolsa. Ao se despedir, deparou-se com Chen, a mulher de Wang Sheng, que lhe implorava que ressuscitasse seu marido.

O monge refletiu um instante e disse:

– O que eu sei de magia ainda é insuficiente para ressuscitar alguém. Mas conheço alguém que tem esse poder. Terá de suplicar pela ajuda dessa pessoa para salvar o seu marido.

Chen perguntou de quem se tratava, e o monge respondeu:

– Há um louco na feira que costuma ficar deitado sobre o estrume dos animais. Implore a sua ajuda. Caso ele entre em surto e humilhe a senhora, terá dee aguentar no osso, sem reclamar; caso contrário, ele muda de ideia.

O irmão de Wang Sheng sabia de quem se tratava. Despediram-se então do monge e foram à feira em busca do louco. Ao chegar, viram um mendigo com jeito de demente cantando sozinho no meio-fio. De seu nariz escorria uma secreção. De seu corpo exalava um fedor de podridão, afastando todo mundo. Chen aproximou-se dele, recebendo um sorriso de desdém e de escárnio. Ele perguntou:

– A senhora me ama?

Chen ignorou a pergunta e contou por que tinha ido vê-lo. Ele deu uma gargalhada e disse:

– Existe tanta gente para substituir o seu marido. Para que salvá-lo?

Chen, muito decidida, suplicou por ajuda, mas ele disse:

– Que coisa, o homem já morreu e você quer que eu o ressuscite. Pensa que estou disposto a enfrentar o Satanás?

Disse isso e começou a bater nela com um cajado. Chen suportou tudo aquilo. As pessoas na feira interromperam o que estavam fazendo para assistir à cena. O mendigo cuspiu uma bola de catarro e a enfiou na boca de Chen. Falou:

– Engula!

Chen, apesar do nojo e da raiva, não reclamou, lembrando-se da recomendação do monge. Tentou engolir a bola de catarro, mas não conseguiu, sentindo tudo aquilo entalado no seu peito. O mendigo gargalhou novamente e disse:

– Você me ama mesmo!

Levantou-se e caminhou sem olhar para trás. Chen seguiu atrás dele templo adentro, pensando em convencê-lo com novas súplicas. Para sua surpresa, não o encontrou em lugar algum. Desesperada, voltou para casa, ressentida e com raiva. Ao chegar, ficou ainda mais triste por ter perdido o marido.

Ela olhava para o céu e chorava, lamentando por não ter morrido também. Ninguém tinha coragem de se aproximar do defunto, a não ser ela. Enquanto limpava o sangue do corpo do Wang Sheng, sentiu ânsia de vômito ao ver as vísceras que o demônio havia arrancado. Nesse momento, não aguentando mais, vomitou sobre o peito do marido.

Chen levou um susto ao perceber que o que ela tinha vomitado era um coração humano, quente e palpitante. Ela ficou perplexa. Instintivamente apertou os dois lados do peito de Wang Sheng para fechar a ferida e a abertura por onde saía o calor. Rasgou a bainha de sua saia e a fez de atadura para envolver o tronco do corpo, depois o acariciou, e sentiu a temperatura do corpo se elevar. Cobriu-o. De madrugada, ele começou a respirar. De manhã, Wang Sheng voltou a viver e disse às pessoas ao redor:

– Caí num estado inconsciente, como se estivesse num sonho. Sentia apenas uma leve dor no peito.

A ferida no peito cicatrizou, como num passe de mágica, e logo desapareceu.

Como as pessoas são ignorantes! Evidentemente era um ser demoníaco, mas teimavam em vê-lo como beldade. Que confusão! Que gente ignorante! Sem dúvida, o aviso do monge era verdadeiro, mas parecia um disparate. Contudo, o literato Wang Sheng soube aproveitar-se da beleza alheia e possuí-la, enquanto a própria esposa comeu o escarro alheio voluntariamente. A justiça do céu reza: olho por olho, dente por dente. Mas os ignóbeis, os disparatados não aprendem. Isso sim é digno de pena!

Tan, o literato

Anônimo*

Tan, o literato, já estava com quarenta anos e ainda era solteiro. Ele passava a maior parte do tempo ocupado com seus estudos. Numa madrugada, uma moça de uns quinze ou dezesseis anos apareceu e se ofereceu para ser sua esposa, mas apresentou-lhe uma condição:

– Sou diferente das outras pessoas. Por favor, nunca acenda nenhum tipo de luz quando eu estiver por perto. Só poderá acender daqui a três anos.

Os dois foram viver juntos e tiveram um filho. Quando o bebê completou dois anos, Tan não aguentou mais conter a curiosidade, acendeu a lamparina no

*Extraído do volume 316, Fantasmas I, *Registros de Taiping*.

meio da noite e iluminou a companheira. Descobriu que ela tinha carne como todo mundo da cintura para cima, mas da cintura para baixo, apenas ossos. Desperta por causa da luminosidade, ela disse indignada:

– Você me decepcionou. Eu estava prestes a ressuscitar, como não pôde segurar a curiosidade por mais um ano?

Tan se arrependeu muito e não parava de pedir desculpas por não ter se contido. A moça, entre soluços, disse:

– Terei de ir embora para sempre e sentirei muito a falta do nosso filho. Caso um dia você fique pobre e não consiga sustentá-lo, poderei cuidar do nosso filho por uns tempos. Me acompanhe, que eu tenho um presente para você.

Tan acompanhou a moça a um quarto muito suntuoso, diferente de todos os ambientes que ele já havia visto antes. A moça deu para ele uma túnica com brocados de ouro e ornada com pérolas e recomendou:

– Quando necessitar, você poderá vender esta túnica para sobreviver.

E, antes de partir em definitivo, ela rasgou um pedaço da bainha da túnica de Tan como recordação dos belos momentos que tiveram juntos.

Tempos depois, Tan empobreceu e vendeu a túnica de pérolas por um preço muito bom a um parente do rei Suiyang. O rei, ao ver a túnica, deu-se conta de que ela pertencia a sua filha morta e ficou furioso. Mandou prender Tan sob a acusação de ladrão de túmulo. O literato jurou inocência e contou tudo o que havia acontecido nos últimos anos. O rei Suiyang não acreditou e foi ao mausoléu da filha, descobrindo que tudo estava intacto, apesar de encontrar no chão uma tira da bainha da túnica de Tan. Na volta, ao olhar o filho de Tan, achou-o realmente parecido com a filha morta. Acreditou então na história de Tan e o reconheceu como o seu genro real. Depois, por decreto, condecorou o filho de Tan como ajudante real.

Ni Yansi

Anônimo*

No reino de Wu, existia um homem da região de Jiaxing chamado Ni Yansi, que vivia no lado leste do condado, próximo do cemitério. Com o tempo, um fantasma foi morar em sua casa. O fantasma comia, bebia e falava com as pessoas, mas ninguém conseguia enxergá-lo. Às vezes, a criada de Ni Yansi praguejava contra o patrão às escondidas, e a assombração reagia:

– Vou contar tudo para ele.

A criada não ousou mais falar do patrão.

O fantasma era muito ousado e tentou se engraçar com a concubina de Ni Yansi. Ele, furioso, mandou chamar um monge taoísta para exorcizá-lo. O monge preparou as comidas e bebidas para a oferenda aos deuses, mas o fantasma espalhou excrementos sobre as oferendas.

*Extraído do volume 317, Fantasmas II, *Registros de Taiping*.

Quando o monge começou a tocar o gongo e o tambor para convocar os deuses, o fantasma começou a bater em um penico perto do ouvido do monge. Um tempo depois, o monge sentiu as costas geladas. Era o fantasma que tinha apoiado o penico nas suas costas. Então, o monge fugiu.

Durante a noite, quando Yansi e a mulher conversavam debaixo das cobertas sobre como eliminar o fantasma, ouviram:

– Que ousadia a sua, hein, Yansi! Fazendo tramoia com a mulher? Vou quebrar a viga desta casa!

A seguir, ouviu-se um ruído alto. Yansi ficou com medo de que a viga quebrasse e acendeu a lamparina. Imediatamente o fantasma apagou a chama. Outro estrondo, ainda maior que o primeiro, foi ouvido em toda a casa. Com medo, Yansi mandou que todos fossem para fora. Acendeu novamente a lamparina e viu que a viga estava intacta. Nessa hora, o fantasma caiu na gargalhada:

– Mais alguém aí quer me enfrentar?

O responsável pelo Departamento de Agricultura do lugar, depois de ouvir o caso de Yansi, comentou:

– Esse fantasma, com certeza, é uma transformação de raposa.

Depois de encontrá-lo, o fantasma proferiu ameaças:

– Você passou a mão em muitas sacas do armazém e escondeu tudo perto daqui. Sei onde é o esconderijo. Corrupto! Como ousa falar de mim. Cuide-se, senão faço uma denúncia aos seus superiores e todos os seus bens serão confiscados!

O homem ficou assustadíssimo, pediu perdão ao fantasma e nunca mais ousou falar dele na casa de Ni Yansi.

Depois de três anos, o fantasma sumiu, e ninguém sabe para onde foi.

Referências

GAN, Bao. *Soushenji* [À procura dos deuses]. Guiyang: Renmin Chubanshe, 1991.

HU, Kaimin (org.). *Han Wei liu chao xiaoshuo xuan* [Seleção de contos das dinastias Han, Wei e Seis dinastias]. Tradução: Yang Xianyi e Gladis Yang. Beijing: Foreign Languages Press, 2001.

JI, Yun. *Yuewei caotang biji* [Anotações no estúdio de Yuewei]. Beijing: Yanshan Chubanshe, 1997.

LI, Fang et al. *Taiping guangji* [Registros de Taiping]. Disponível em: <http://www.shuku.net:8080/novels/classic/taipinggj/tpgj.html>.

LIN, Yutang. *Zhongguo chuanqi xiaoshuo* [Contos maravilhosos chineses]. Shanghai: Shanghai Shudian, 1989.

PU, Songling. *Liaozhai zhiyi* [Contos extraordinários do Liaozhai]. Beijing: Renmin Wenxue Chubanshe, 1989.

SCHMALTZ, Márcia. "A literatura infantil chinesa da poesia à prosa: uma história sem espaço à criança". In: CAPPARELLI, S.; ZILBERMANN, R. e BORDINI, M.G. (eds.) *Tigre Albino*. v. 2, n. 1. 15 de novembro de 2008. Disponível em: <http://www.tigrealbino.com.br/texto.php?idtitulo=1eb7c72bdf826fe4700f977b9658e5ef&&idvolume=8019c0e24c8199c19b45b5b7170ec4e9>.

Shan'haijing [O livro da natureza]. Haikou: Nanhai Chubanshe, 2007.

Biografia dos principais autores

Cao Pi (187-226). Político e literato. Foi o primeiro imperador da dinastia Wei, do período dos Três Reinos (220-280). Ele, seu pai Cao Cao e o irmão Cao Zhi são considerados os três *Caos* da literatura chinesa.

Chen Xuanyou (779). Pouco se sabe de sua biografia, mas deixou para a posteridade o célebre conto sobrenatural "A mulher repetida". Adaptado também para o teatro, esse conto foi muito popular durante a dinastia Yuan (1271-1368).

Dong Sizhang (1587-1628). Poeta e literato. Dedicou a vida aos livros. Escreveu também *Miscelâneas de histórias estranhas*, que mais tarde influenciou Pu Songling.

Gan Bao (?-336 a.C.). Considerado por muitos como o pai da narrativa ficcional chinesa. Seu livro *À procura dos deuses* influenciou escritores como Pu Songling, Lu Xun e mesmo grandes romances como *Sonho do pavilhão vermelho*, *Peregrinação ao oeste*, *Romance dos três reinos* e *Todos são irmãos à beira do rio*. De origem humilde, foi mandarim. Foi responsável por glosas ao *Yi jing* (o *Livro das mutações*), entre outros clássicos.

Ji Yun (1724-1805). Também conhecido como Xiaofeng, era de uma família com tradição intelectual. Aos quatro anos sabia ler e escrever. Aos 21, foi aprovado como mandarim nos exames imperiais. Dedicou boa parte de seus cinquenta anos de função pública à edição das *Obras Completas de Clássicos Confucianos* na Academia Imperial Hanlin. Trabalhou também em Urumqi, capital de Xinjiang. No final da carreira, foi chefe do cerimonial do palácio imperial, bem como responsável pela educação dos príncipes. Era muito estimado pelo imperador, devido à habilidade com as palavras. Já retirado da vida pública, escreveu *Anotações no estúdio de Yuewei*, em que relata acontecimentos extraordinários, misturando realidade e fantasia.

Li Fuyen (século IX). Romancista da dinastia Tang (618-907). Autor de *Continuação de registros de mistérios e seres fantásticos*, em cinco volumes. Amigo do célebre poeta Bai Juyi. Há poucos detalhes conhecidos sobre sua vida.

Liu Xiang (77-6 a.C.). De ascendência nobre, exerceu o cargo de mandarim sênior, responsável pela reorganização da Biblioteca Imperial, realizando a primeira catalogação e compilação de livros da China, após a queima de livros feita pelo imperador Qin (221-206 a.C.). Grande divulgador da doutrina confucionista. Foi preso duas vezes por críticas políticas. Tem vários livros sobre o tema, entre eles *O jardim de anedotas* e *Estratégias de guerra*. Neste último, registrou as estratégias e opiniões de conselheiros aos senhores feudais, narrando os acontecimentos do período da história chinesa conhecido como Reinos Combatentes (480-250 a.C.). Perdido durante a dinastia dos Três Reinos (220-280), o livro foi recuperado durante a dinastia Song (960-1279), numa versão que chegou até os dias atuais. Suas fábulas e parábolas têm uma linguagem objetiva e realista, tornando-se importante fonte de informação histórica e de filosofia política.

Pu Songling (1640-1715). Um dos cânones da literatura fantástica e o romancista mais conhecido da dinastia Qing (1644-1911). Aos dezenove anos, foi aprovado sucessivamente nos exames imperiais em nível distrital, municipal e provincial, mas apenas aos 71 anos tornou-se mandarim. Passou boa parte da vida como professor em casas de ricos, aproveitando o tempo livre para escrever *Contos extraordinários de Liaozhai*, histórias populares fantásticas, em oito volumes, em que critica de maneira velada o sistema de exames imperiais e o regime de opressão da dinastia manchu. Publicou também livros sobre agricultura, medicina tradicional chinesa, dramas, bem como mais de mil poemas. Até hoje é conhecida sua máxima: "O êxito só se deixa encontrar por quem o procura. O céu recompensa as pessoas persistentes, que até nas situações extremas ousam dar um último lance".

Chen Jiji (c. 750-800). Romancista e historiador da dinastia Tang (618-907). Trabalhou como historiador copista, examinador dos exames imperiais e herborista no palácio imperial. Autor de um conto célebre, intitulado "Ren, espírito de raposa".

Zhuangzi (369-286 a.C.). Sucessor de Laozi, fundador da escola taoísta e um dos responsáveis pelo desenvolvimento dessa filosofia. No começo de sua vida foi sapateiro e, mais tarde, historiador copista. Convidado pelo rei de Chu, recusou ser primeiro-ministro. Seu livro *Zhuangzi* é um dos marcos fundamentais do taoísmo. Os textos são repletos de fábulas e parábolas, gêneros que utilizou para propagar sua doutrina. O estilo narrativo de Zhuangzi tornou-se uma escola, influenciando as gerações posteriores.

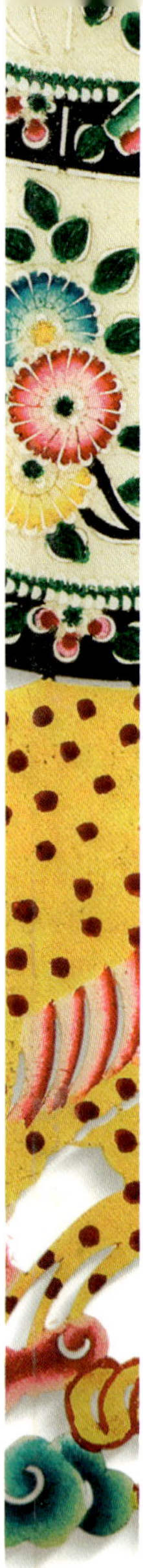